LECTURE JUNIOR

Titre original : *Blewcoat Boy*
Édition originale publiée par Victor Gollancz Ltd., Londres, 1988

La montre en or

de Leon Garfield

illustrations de Jame's Prunier

traduit de l'anglais par Noël Chassériau

Gallimard Jeunesse

Pour Rebecca et Gerry

CHAPITRE PREMIER

ILS ÉTAIENT FRÈRE ET SŒUR. SUR CE POINT, TOUT AU MOINS, AUCUN DOUTE : LEURS NOMS FIGURAIENT DANS UN REGISTRE, QUELQUE part en Irlande... un trou perdu au fin fond de la lande, pour ce qu'on en savait. Étendus bout à bout, ils auraient mesuré aux alentours de neuf pieds*, mais séparément et à la verticale ils ne dépassaient guère la hauteur d'un bouton de porte.

Non pas qu'ils eussent grand-chose à voir avec les portes et les boutons de porte, car ils couchaient à la belle étoile, dans un bourdonnant fourré de lierre et d'aubépine qu'ils partageaient avec des araignées, des cloportes et de délicats papillons, dans la partie sauvage de Saint James Park.

Le temps était beau : ils étaient au chaud et au sec. C'était l'été, un samedi soir, tard. Des lampes, tels des fruits lumineux, brillaient encore parmi les arbres obscurs, et des promeneurs tirés à quatre épingles foulaient encore le sable des allées. Sans toutefois s'aventurer dans la partie sauvage du parc, où tout

* Un pied *(one foot)* : mesure anglaise équivalant à trente centimètres.

était aussi ténébreux et mystérieux que si des voleurs avaient dérobé la lune.

Il (c'est-à-dire le frère) répondait au nom de Jeune Nick, pour le distinguer du Vieux Nick qui, comme chacun sait, est le diable. Elle (c'est-à-dire sa sœur) s'appelait Jubilé parce que le pape avait dû faire quelque chose de spécial l'année où elle était née. Tous deux étaient maigres, déguenillés et farouches, avec des yeux vert bouteille et des regards rusés de renard à l'affût qui auraient mis en fuite tout un poulailler terrorisé. Les gens disaient qu'ils étaient pires que des animaux ; mais c'était là une question de point de vue...

CHAPITRE PREMIER

Jeune Nick qui, en chapardant et en se débrouillant, avait atteint l'âge respectable de dix ans, était l'aîné d'un an et se prévalait de cette supériorité pour prétendre se rappeler leur père et leur mère, en Irlande, ce que Jubilé savait être un affreux mensonge. Elle ne cessait de le lui répéter.

– Si... je te dis que si ! Je m'en souviens parfaitement! Notre papa, c'était un colosse ! Il était grand comme une église !

– T'as menti... t'as menti ! T'iras pas au paradis! psalmodiait Jubilé. Jeune Nick qui, comme on dit, avait la tête près du bonnet, en trépignait de rage.

– C'est pas vrai... j'suis pas un menteur ! glapissait-il en serrant les poings tellement fort que ses jointures en devenaient toutes blanches.

Il aurait écrabouillé le joli visage ricanant de Jubilé s'il n'avait craint de l'abîmer : ce qui dans ce cas aurait signifié qu'il ne parviendrait jamais à se débarrasser d'elle en la mariant.

La question du mariage de Jubilé était, pour Jeune Nick, un tel sujet de préoccupation qu'il lui avait fait passer bien

des nuits blanches, sous une haie, dans une étable ou dans une grange, et même, bien avant cela, dans l'orphelinat de Kilkenny* dont ils avaient fini par s'enfuir. Elle le tracassait horriblement, car comment pourrait-il faire son chemin dans le monde avec Jubilé pendue à ses basques, qu'il traînerait comme un sac de navets ?

Il l'observa du coin de l'œil, assise dans l'ombre du buisson. Quel spectacle ! Une tignasse qui était un vrai piège à araignées, et toute une famille de bestioles se promenant comme chez elles sur sa robe sale. Aucun amour-propre. Et ignorante, avec ça! Elle ne savait pas faire la cuisine, elle ne savait pas coudre, elle ne savait ni lire ni écrire. Qui irait épouser une fille ne possédant, en tout et pour tout, que la peau qui lui couvrait les os et une paire de boucles d'oreilles en or – des anneaux fins comme des poils de rat dont la femme d'un romanichel lui avait fait cadeau en Irlande ?

– Pour ta dot, ma chérie ! avait-elle dit quand Jubilé avait cessé de hurler, une fois ses oreilles percées. Les maris, c'est comme les truites : faut les appâter avec quelque chose de bon, quelque chose qui brille !

« Elle n'attrapera rien de plus qu'un vieux godillot ! » songeait mélancoliquement Jeune Nick, tandis que Jubilé tortillait un de ses anneaux dans son oreille crasseuse avec un sourire madré.

Brusquement, les yeux de Jubilé s'allumèrent.

– Des mouches bleues ! chuchota-t-elle.

---

* Ville du sud-est de l'Irlande.

Il ne s'agissait pas d'insectes ! Dans les buissonnantes ténèbres du secteur sauvage, une lampe s'approchait en se balançant de droite et de gauche comme un brillant œil fureteur. Elle était suivie de silhouettes massives, revêtues d'uniformes dont les boutons d'argent scintillaient dans la nuit comme des shillings dans un rêve. Des agents de police !

Silencieusement, le frère et la sœur se renfoncèrent dans leur tanière d'aubépine. Ils redoutaient encore plus les mouches bleues que le mauvais temps. Et pour une bonne raison : Jeune Nick, malgré son jeune âge, avait commis assez de larcins pour être emprisonné jusqu'à la fin de ses jours, et Jubilé avait recélé suffisamment d'objets volés, tels que saucisses, gâteaux et petits pâtés, pour être enfermée encore plus longtemps.

Mais, cette nuit-là, ils n'étaient pas les seuls voleurs au monde. Les mouches bleues cherchaient quelqu'un

d'autre, et, pendant qu'elles écrasaient les hautes herbes sous leurs énormes pieds, leur lampe continuait à fouiller, à scruter, à explorer l'obscurité, tel le long bras jaune de la loi.

Elles étaient deux, accompagnées d'un gros monsieur en chapeau haut de forme auquel on venait de dérober sa montre en or et sa chaîne du même métal. Un affreux bandit s'était approché de lui pour lui demander l'heure...

– C'est un vieux truc, monsieur, dit l'une des mouches bleues.

– J'entendais déjà ça dans mon berceau, monsieur, ajouta l'autre en balayant du rayon de sa lampe le fourré d'aubépine de Jeune Nick et de Jubilé pétrifiés, mais en regardant du côté opposé. Vous avez sorti votre montre et, le temps de dire « ouf ! » l'individu s'était éclipsé avec l'heure, votre montre et le reste ! C'est pas vrai, monsieur ?

Tuyau-de-Poêle confirma d'un hochement de tête.

– De l'or massif, soupira-t-il. Et avec un diamant serti dans le boîtier. Elle valait bien cent cinquante guinées, pour le moins !

– A l'heure qu'il est, elle doit être arrivée dans la Cour du Diable, monsieur, dit la première mouche bleue avec un petit frisson.

– Pour sûr, confirma l'autre en y allant également de son petit frisson, c'est là qu'elle aboutira.

– La meilleure chose à faire, monsieur, reprit la première mouche bleue, c'est d'offrir une récompense.

– Une récompense ? s'exclama Tuyau-de-Poêle en piquant

brusquement une colère et en levant les poings. Pour quoi faire ? Vous croyez vraiment que ce chenapan va me rapporter ma montre et attendre qu'on le jette en prison ?

– Allons, allons, monsieur ! dit l'autre mouche bleue d'un ton placide. Ça n'avancerait à rien de perdre son calme en plus de sa montre. Si vous étiez disposé à offrir une récompense substantielle… disons de cinquante livres, c'est plus que cet homme n'obtiendrait d'un fourgue…

– D'un fourgon ? Qu'est-ce qu'un fourgon ferait d'une montre en or ?

– Pas un fourgon, monsieur, un fourgue… un receleur d'objets volés si vous préférez, expliqua la mouche bleue. C'est une très vieille expression.

– Je l'entendais déjà dans mon berceau, dit l'autre. Des gens tout ce qu'il y a de mesquin, ces fourgues. Ils ne lui en offriraient pas plus de cinq livres.

– Hum ! grommela Tuyau-de-Poêle. Enfin, c'est tout de même une consolation de se dire que le voleur se fait voler, lui aussi !

– Oui, monsieur, très consolant en vérité. Vous comprenez donc, monsieur, que si vous décidiez d'offrir une récompense, il serait tenté.

– Un vieux truc, monsieur, dit l'autre mouche bleue. Mais qui marche souvent.

– Il serait bête à ce point-là, monsieur l'agent ?

– Les voleurs ne sont pas très malins, monsieur.

– Sauf dans leur partie, corrigea son collègue.

– Il ne viendra pas lui-même, évidemment, de peur que vous le reconnaissiez...

– Le reconnaître ? Et comment que je le reconnaîtrais! Aussi longtemps que je vivrai, jamais je n'oublierai son affreux visage !

– Il y a beaucoup d'affreux visages dans cette ville, monsieur, murmura la première mouche bleue. Vous n'avez rien remarqué d'autre ?

– C'était un Gallois, monsieur l'agent.

– Ah. Voilà qui est mieux ! Taffy est un Gallois, Taffy est un bandit, il est venu chez moi et m'a volé mon lit !

– Qui, dans votre cas, monsieur, dit très courtoisement l'autre mouche bleue, était une montre en or avec un diamant serti dans le boîtier et une chaîne en or.

– Et vous pensez qu'il se laissera tenter par cinquante livres ?

– Oui, monsieur, je le pense. Il ne viendra pas lui-même, comme je vous le disais. Il enverra un ami, peut-être même un enfant...

– Un vieux truc, monsieur,

dit l'autre mouche bleue. Mais nous serons là, l'œil aux aguets, tout prêts à lui mettre la main au collet.

– Nous allons afficher un avis dans la Cour du Diable, là où il ne pourra faire autrement que de le voir, dit la première mouche bleue.

– Dans la Cour du Diable, confirma l'autre, et toutes deux frissonnèrent à l'unisson.

Très bien, monsieur l'agent, dit Tuyau-de-Poêle en posant la main sur son gousset vide. Cela fait beaucoup d'argent, mais ce ne sera pas trop cher payé si vous arrêtez cette vermine. Ne vous contentez pas de récupérer ma montre ! Je serais prêt à vous donner le double pour la seule satisfaction de savoir ce chenapan derrière les barreaux pour le restant de ses jours !

– Cinquante livres ! chuchota Jeune Nick à Jubilé après le départ des mouches bleues. Qu'est-ce que tu dis de ça ?

Mais Jubilé dormait à poings fermés et, comme d'habitude, ce fut Jeune Nick qui resta éveillé, à se tourmenter pour le mariage de sa sœur. Cinquante livres ! Et tout près de là, quelque part dans la Cour du Diable. S'il pouvait mettre la main sur cette montre en or, il serait assez riche pour acheter un mari à Jubilé, quasiment n'importe où !

IL Y AURAIT EU DU CANARD RÔTI AU MENU DU PETIT DÉJEUNER DOMINICAL SI JUBILÉ AVAIT SU FAIRE LA CUISINE, MAIS COMME elle ne savait pas, les canards gras du parc purent se dandiner parmi les joncs qui bordaient le lac sans se faire tordre le cou. Le frère et la sœur affamés en furent quittes, après avoir frotté leurs yeux ensommeillés, extirpé les araignées de leurs chevelures et chassé les cloportes de leurs haillons, pour prendre leur gamelle cabossée et se diriger vers les vaches qui paissaient sur les pelouses et fournissaient du lait bourru moyennant un demi-penny la demi-pinte. Non pas qu'ils aient disposé, à eux deux, d'un demi-penny. Comme le disaient les gens, ils étaient pires que des animaux : pas de savoir-vivre, pas d'éducation et pas d'argent. Tout ce qu'ils possédaient, c'était un récipient vide et des estomacs creux.

CHAPITRE  DEUX

Il y avait des gardeuses de vaches, des filles aux joues rouges, assises sur des tabourets à trois pieds, qui se fourraient les doigts dans le nez en attendant la pratique, constituée de nounous, de fringants militaires et d'enfants munis de tasses en porcelaine.

– Prête ? demanda Jeune Nick en rampant derrière une vache grosse comme une maison. Attention... vas-y !

Et il poussa Jubilé de toutes ses forces. Elle s'envola comme un papillon ivre, atterrit à plat ventre dans l'herbe et se trémoussa en poussant des cris perçants, tel un ivrogne imbibé de brandy la nuit de la Saint-Patrick* !

– Au moins, tu sers à quelque chose, murmura Jeune Nick en se faufilant sous le pis de la vache dont la gardienne, aussi obtuse que sa bête, regardait avec stupeur Jubilé faire ses pitreries. Même si ce n'est pas comme ça que tu te dégoteras un mari !

Vif comme une puce, il empoigna le pis et commença à tirer dessus énergiquement, en prenant soin de tenir sa gamelle tout près pour étouffer le sifflement et les glouglous du jet crémeux qui gicla en moussant et en bouillonnant par-dessus le bord.

Lorsque la gardienne cessa de bayer aux corneilles et s'aperçut qu'elle s'était fait voler, il était trop tard : les voleurs étaient déjà à mi-chemin de la sortie du parc et filaient comme le vent. Il n'y avait donc plus rien à faire, si ce n'est administrer quelques coups de bâton à la vache assez bête pour donner du lait sans se faire payer.

* Fête nationale irlandaise.

CHAPITRE DEUX

Jeune Nick et Jubilé ne s'arrêtèrent de courir qu'après avoir traversé Great Peter Street, quand le parc ne fut plus qu'un souvenir de vertes frondaisons. Ils s'adossèrent alors à un mur pour reprendre haleine et boire le peu de lait qu'ils n'avaient pas renversé.

– Va pas y faire un trou avec ta langue ! dit Jeune Nick en parvenant enfin à arracher la gamelle à Jubilé et à la suspendre à la ficelle qui lui servait à la fois de porte-bagages et de ceinture. Il est temps d'aller s'occuper de ta dot !

Bien entendu, il n'y avait pas une chance sur mille

pour qu'ils retrouvent la montre en or mais, comme nous l'avons déjà dit, ils ne savaient pas compter !

Jeune Nick prit donc fermement Jubilé par le bras et, au premier carrefour, l'entraîna dans le malodorant enchevêtrement de ruelles, de passages et d'invraisemblables vieilles bicoques où des gens vivaient comme des rats, entassés jusqu'à dix par pièce, où la puanteur était si épouvantable que les oiseaux qui s'y aventuraient étaient foudroyés en plein vol, et où le soleil lui-même pâlissait quand il baissait les yeux sur... la Cour du Diable!

Il était neuf heures, et l'air fétide tremblait sous le vacarme tonitruant des cloches de l'abbaye de Westminster. Car la Cour du Diable était située juste à côté de l'antichambre du bon Dieu. En fait, une brique lancée de l'abbaye aurait pu atteindre le diable en plein dans l'œil... pour peu qu'il se soit trouvé chez lui à ce moment-là au lieu de siéger au Parlement, en voisin, pour édicter les lois.

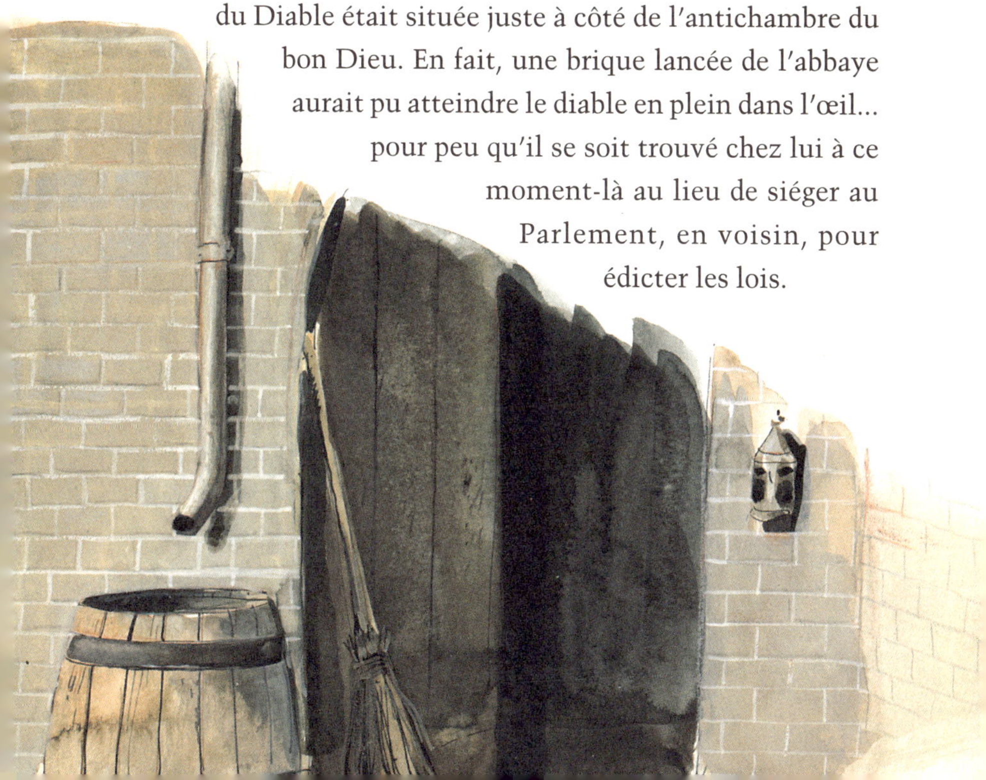

CHAPITRE  DEUX

– Des mouches bleues ! glapit Jubilé.

Une fois de plus, il n'était pas question de mouches, bien qu'une nuée de ces insectes aux couleurs chatoyantes tournait avec insistance au-dessus des tas d'ordures et des squelettiques chiens errants. Il s'agissait des deux agents de police du parc, en uniforme bleu, qui étaient en train de placarder un avis sur la porte d'un pub. L'un plantait les clous avec son bâton réglementaire, tandis que l'autre montait la garde. En dehors d'eux, il n'y avait pas âme qui vive à l'horizon.

CHAPITRE  DEUX

Ils eurent bientôt fini et s'en allèrent, balançant leurs bâtons en cadence avec le carillon des cloches. Aussitôt qu'ils furent hors de vue, les porches croulants et les trous noirs séparant les bâtisses revinrent à la vie en régurgitant tous les guenilleux qui avaient disparu à leur arrivée.

Curieux, ils s'assemblèrent autour de l'avis, mais ils se grattèrent le crâne avec perplexité jusqu'au moment où un écolier de passage leur rendit le service de lire à haute voix ce qui était écrit. C'était un garçon mince, pimpant dans son bel habit bleu et ses bas jaunes, et arborant suffisamment de boutons de cuivre pour éclairer la rue ; un garçon au nez en pied de marmite et aux cheveux filasse, dont la voix devenait de plus en plus aiguë en essayant de se faire entendre dans le tintamarre des cloches.

Il s'agissait de la montre. En or, avec un diamant serti dans le boîtier. Grosse valeur sentimentale. Cinquante livres de récompense à qui la rapporterait au poste de police de Rochester Row.

La foule écoutait en silence, avec des hochements de tête approbateurs, tandis que Jeune Nick et Jubilé observaient à la dérobée, scrutant les visages, cherchant celui dont Tuyau-de-Poêle avait déclaré, dans le parc, qu'il se souviendrait jusqu'à la fin de

ses jours. Il y avait des nez écrasés et des mentons en galoche ; il y avait un assortiment complet d'oreilles en chou-fleur et un honnête échantillonnage d'yeux aussi blancs que du lait ; mais il n'y avait personne de réellement affreux... tout au moins selon les normes de Jeune Nick et de Jubilé.

– Vous pourriez nous dire l'heure, monsieur ? commença à demander Jeune Nick à la ronde, en se rappelant le vieux truc que la mouche bleue avait entendu dans son berceau et en se disant qu'il reconnaîtrait certainement la montre s'il la voyait.

Mais personne ne savait l'heure et personne ne s'en souciait. Dans la Cour du Diable, le temps était figé jusqu'au jour où on vous fourrait dans un cercueil et où il n'y avait plus de temps du tout.

Petit à petit, la foule réintégra les trous et les porches, et l'avis lui-même disparut : quelqu'un l'avait subtilisé, peut-être pour décorer son intérieur, pour allumer le feu ou pour boucher un trou dans sa chaussure. Il ne restait plus, devant le pub, que l'écolier en bleu et un vieil homme à l'allure bizarre, qui, avec ses épaules étriquées et sa grosse tête ronde inclinée sur le côté, ressemblait à un énorme perroquet.

– Une très brillante lecture, Smudgeon, mon garçon, déclara-t-il en lissant l'habit bleu de l'écolier et en tripotant ses boutons de cuivre avec ses longs doigts osseux. Je n'ai jamais entendu mieux, pas même dans les vertes vallées et les chapelles du pays de Galles !

Un Gallois ! Le sang de Jeune Nick ne fit qu'un tour.

CHAPITRE DEUX

– Ton papa et ta maman doivent être rudement fiers de toi, continua Vieux-Perroquet.

Ses doigts s'attardèrent autour du plus gros et du plus brillant de tous les boutons jusqu'au moment où il aperçut Jeune Nick et Jubilé. Instantanément, sa main déserta le bouton comme une vieille araignée affolée. Il inclina la tête de l'autre côté.

– Voilà une bien jolie demoiselle, dit-il en louchant sur les boucles d'oreilles de Jubilé, à qui il adressa un clin d'œil bouffon. D'ici un an ou deux, avec un bon récurage, elle brisera les cœurs comme des coquilles d'œuf !

– Disons plutôt les miroirs ! rectifia Smudgeon, en souriant d'une oreille jusqu'à l'autre.

Si Jubilé avait eu quinze centimètres de plus, elle leur aurait allongé une bonne taloche à chacun. Mais elle ne les avait pas, et elle aurait décampé si Jeune Nick, qui pensait à sa dot, ne l'avait fermement immobilisée.

– Pouvez-vous me dire l'heure, monsieur ? demanda-t-il.

Son cœur s'accéléra lorsqu'il vit Vieux-Perroquet tendre les doigts vers son gousset pour en tirer ce que Jeune Nick devinait être une montre en or ! C'était un vieux truc, mais, comme l'avait dit la mouche bleue, ça prenait souvent. Ou cela aurait pris si Smudgeon n'avait pas tout gâché !

– Il est neuf heures et demie ! annonça-t-il. Je l'entends aux cloches ! Ce n'est pas exact, monsieur Owen, à la minute près ?

– Absolument exact, comme toujours, acquiesça M. Owen en tendant l'oreille au moment où les cloches se taisaient. Tu es un garçon dégourdi, pas d'erreur !

Et ses doigts désertèrent son gousset comme s'il s'était brûlé !

– Il est temps que je me rende à l'église, monsieur Owen, dit Smudgeon d'un air angélique. Je ne voudrais pas arriver en retard.

– Fais une prière pour moi, Smudgeon, mon garçon, dit M. Owen en posant la main sur l'épaule de l'écolier, et mets-y tout ton cœur.

Smudgeon s'en alla en se rengorgeant. Si Jubilé avait eu quinze centimètres de plus, il serait parti encore plus vite, propulsé par un vigoureux coup de pied dans le bas du dos. Mais comme elle ne les avait pas, elle se contenta de piquer une colère.

– Allez, viens ! lui dit Jeune Nick en la tirant par la main. On va lui donner une bonne raison de faire sa prière !

– En plein sur l'oreille ! dit Jubilé.

– En plein sur ses lèvres mielleuses ! dit Jeune Nick.

– Et en plein dans le bas du dos! dit Jubilé, hargneuse comme une guêpe.

PAR LES RUES DOMINICALES
S'EN ALLAIT SMUDGEON,
LES PANS DE SON HABIT BLEU

flottant au vent, ses boutons de cuivre étincelant et ses petites jambes maigres s'ouvrant et se refermant comme une paire de ciseaux jaunes, clic-clac, clic-clac !

– En plein sur l'oreille ! haleta Jubilé, six mètres derrière, en serrant énergiquement la queue d'un poisson pourri qu'elle avait disputé à un chien sur un tas d'immondices.

Jeune Nick secoua la tête. Trop de monde entre Smudgeon et eux. Elle perdrait son poisson pour rien. Si elle avait eu quinze centimètres de plus, elle aurait été bien placée pour le lancer, mais ce n'était pas le cas et il le lui dit. Ils pressèrent le pas.

– En plein sur ses lèvres mielleuses ? plaida Jubilé en balançant son poisson comme un bâton de mouche bleue, les yeux aussi brillants que des tessons de bouteille au sommet d'un mur.

CHAPITRE TROIS

– Attends qu'il arrive au carrefour, murmura Jeune Nick. Là, il y aura droit, en plein sur...

Mais avant qu'il eût pu terminer sa phrase, la vengeance leur fut arrachée des mains ! De Tothill Street venait de surgir, telle une rafale crépitante de grêle, un essaim de garçons vêtus de vert ! Ils s'arrêtèrent pile. Smudgeon en fit autant. On sentait, à sa nuque, qu'il devait être aussi blanc que la feuille de papier placardée sur la porte du pub. Jeune Nick tira vivement Jubilé sous un porche. Le châtiment était désormais l'affaire des habits verts ! Ils allaient les dédommager !

CHAPITRE TROIS

– Un Bleu ! ricana l'un d'eux en exhibant toutes ses dents. Un sale petit Bleu !

– Lai... laissez-moi tranquille ! bredouilla Smudgeon en tremblant de tous ses membres. S'il... s'il vous plaît, laissez-moi passer. Je... je vais à l'église !

Il brandit son missel comme un talisman, mais celui-ci fut sans effet, les Verts brandissant leurs propres missels qui étaient tout aussi sacrés que le sien. Et ce n'était pas le seul point commun. Leurs bas étaient tout aussi jaunes et leurs joues tout aussi briquées. Seulement ils portaient des habits

verts alors que le sien était bleu, et cela faisait toute la différence entre la paix et la guerre, entre la vie et la mort.

Ils firent un pas en avant. Il fit un pas en arrière et se retrouva le dos contre un mur.

– Les Bleus, c'est des minables ! persifla le ricaneur aux dents longues en donnant une bourrade dans le ventre de Smudgeon, qui poussa un glapissement et se plia en deux. Écarte-toi de notre chemin !

– Les Bleus, c'est de la crotte de bique ! dit un autre, qui lança son poing dans l'œil de Smudgeon. Tire-toi de notre rue !

Smudgeon gémit, s'écroula et disparut aussitôt sous un monceau de Verts se démenant furieusement. On entendait des grognements, des jappements, des grondements, comme si Smudgeon était mis en pièces par une meute de chiens affamés. Jeune Nick n'aurait pas été surpris qu'il n'en reste que quelques boutons de cuivre et un lambeau de tissu bleu.

Soudain, un cri retentit :

– Le pion !

CHAPITRE TROIS

Instantanément, le monceau humain se figea. Puis, tel un vol de mouches vertes s'élevant au-dessus d'un festin, les garçons abandonnèrent leur proie. Ils ramassèrent leurs missels, coiffèrent leurs casquettes et se précipitèrent derrière un homme à l'aspect austère, vêtu de noir, qui venait de faire son apparition. Deux par deux, ils partirent en rang chanter des hymnes à l'église Sainte-Margaret, laissant Smudgeon gisant, inerte, dans la poussière et la boue.

– Viens, dit Jeune Nick à Jubilé lorsque Smudgeon commença à bouger et entreprit de se relever. On ne pourra pas faire mieux qu'eux !

Il essaya de l'entraîner, mais Jubilé bouillait d'une rage contenue depuis trop longtemps pour que la vapeur retombe d'un seul coup. Ce fut plus fort qu'elle. Smudgeon était là, en train de se mettre péniblement debout, et elle était là, tenant toujours fermement son poisson ! L'utiliser semblait la moindre des choses.

Poussant un cri perçant, elle se rua sur le titubant Smudgeon et, avec toute la vigueur dont elle était capable, elle le frappa sur la tête, sur les épaules et sur tous les endroits qui se présentèrent !

CHAPITRE  TROIS

Si elle avait été plus forte, elle lui aurait rompu tous les os. Comme elle ne l'était pas, elle lui démolit seulement et définitivement le moral qui n'était guère brillant. Smudgeon fondit en larmes. Il avait survécu à l'assaut des Verts et, au moment où il remerciait le Seigneur d'y avoir mis fin, une furie hurlante, surgie de nulle part, se jetait sur lui en le rouant de coups avec un poisson pourri sentant abominablement mauvais ! C'était plus que le corps et l'âme ne pouvaient supporter. Il sanglota, gémit et souhaita être mort.

– T'aurais pas dû faire ça, dit Jeune Nick en écartant Jubilé de l'habit bleu qui pleurait, tout recroquevillé. Elle n'aurait pas dû faire ça, expliqua-t-il à Smudgeon. En tout cas pas après la raclée que vous venez de prendre.

Smudgeon approuva. Il se pencha pour ramasser son missel, et Jubilé, rouge comme une fraise, alla lui chercher sa casquette. Elle était dans un triste état, et Smudgeon ne valait guère mieux. Son visage, ses cheveux et son bel habit bleu étaient un affreux gâchis d'immondices et de débris visqueux puant le poisson. D'un coup d'œil, il mesura l'étendue des dégâts, et des larmes grosses comme des oignons d'argent zigzaguèrent le long de ses joues.

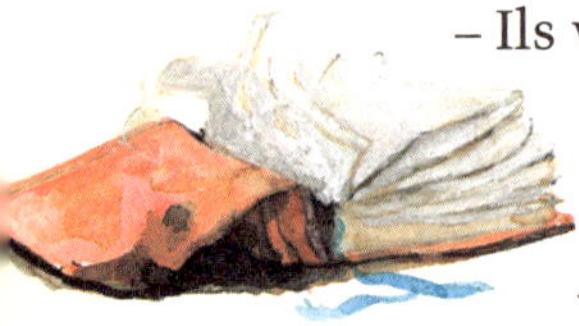

– Ils vont me tuer ! gémit-il. Ils vont m'écorcher vif !

– Qui ça ? Les Verts ?

– Non, l'école... et mon papa et ma maman !

– Pourquoi ?

– A cause de mon habit ! Il appartient à l'école. Maintenant,

ils ne voudront plus de moi. Mon papa et ma maman vont m'écorcher vif ! Regardez-moi ça !

– C'est pas si grave, marmonna Jubilé en jetant des regards noirs sur ses pieds plutôt que sur les dégâts qu'elle avait causés. Suffit de le brosser, de l'essuyer un peu, et il sera comme neuf.

Jeune Nick ouvrit des yeux ronds. C'était la première fois de sa vie que Jubilé envisageait de nettoyer quoi que ce soit. Il espéra qu'elle ne s'était pas entichée de Smudgeon : ce n'était pas le genre de mariage qu'il envisageait pour elle.

– Allez-y, insista Jubilé. Essayez.

Smudgeon secoua la tête.

– Ça pue, dit-il lugubrement. C'est tout gluant. Et ça, c'est vous qui l'avez fait, pas les Verts.

– Elle est pire qu'un animal, confia Jeune Nick à Smudgeon, histoire de le faire changer d'avis au cas où il aurait un faible pour Jubilé.

Les regards noirs virèrent à l'orage, puis, subitement, un rayon de soleil perça les nuages. Jubilé sourit d'un air rusé et tortilla l'un des anneaux qui ornaient ses oreilles crasseuses.

– Vous en faites pas ! dit-elle. Je vais vous le nettoyer, votre habit. Je le laverai dans le lac du parc où on habite.

Smudgeon ne parut pas convaincu. Le sourire de Jubilé évoquait pour lui des renards et autres créatures chapardeuses.

– Vous filerez avec, dit-il. Pas vrai ?

Jubilé secoua la tête avec une telle énergie que sa chevelure prit l'aspect d'un buisson noir dans une tornade. Smudgeon renifla et essuya ses yeux bouffis.

– D'accord, dit-il avec un gros soupir. Après tout, je n'ai plus grand-chose à perdre, en dehors de ma peau et mes os.

« Dans ce cas, tu n'es pas fait pour Jubilé, songea Jeune Nick. Ce que je cherche pour elle, ce sont des espérances et un magot, pas de la peau et des os ! »

CHAPITRE QUATRE

ILS PARTIRENT ENSEMBLE, OU PRESQUE : LE FRÈRE ET LA SŒUR DEVANT, LA MAIN DANS LA MAIN, et Smudgeon un pas derrière. Il avait honte de ses compagnons louches, déguenillés, et encore plus de lui-même. Et il y avait de quoi : il puait. Ce n'était pas sa faute, bien sûr ; c'était le poisson de Jubilé. Mais cela n'empêchait pas les gens qui le croisaient de le regarder avec dégoût.

Ils finirent par atteindre Saint James Park. En tant que fidèles résidents, ils dédaignèrent la grille réservée au public et franchirent la clôture par un trou privé, du côté sauvage. Puis, tandis que Jeune Nick et Smudgeon, en chemise blanche et bas jaunes, allaient en rampant tenir compagnie aux araignées et autres bestioles dans le fourré de lierre et d'aubépine, Jubilé se dirigea en hâte vers le lac avec l'uniforme bleu de Smudgeon.

– Tu crois qu'elle reviendra ? demanda anxieusement Smudgeon qui avait tellement de démangeaisons qu'il ne savait pas où se gratter. A ton avis ?

– Si elle veut se marier... répondit Jeune Nick en remettant sur ses pattes un cloporte qui s'agitait désespérément, le ventre en l'air.

Smudgeon paraissant perplexe, Jeune Nick lui expliqua les soucis que lui causaient Jubilé et sa dot, et les difficultés qu'il éprouvait à se débarrasser de sa sœur.

– Bonne idée ! approuva Smudgeon, qui ignorait le sens du mot « dot ». Moi-même, je ne serais pas opposé à l'idée de me marier, si ça devait me rapporter !

«Pas avec Jubilé, en tout cas! songea aussitôt Jeune Nick. Elle épousera quelqu'un qui aura du répondant, sinon je ne pourrai jamais dormir tranquille!»

– Elle est partie depuis un bout de temps, observa Smudgeon avec inquiétude.

– Pas plus de temps qu'il n'en faut à une vache pour balancer sa queue, riposta Jeune Nick en poussant une coccinelle du bout d'une brindille pour l'inciter à rentrer chez elle. Pourquoi? Il n'y a pas le feu.

– Faut que je rapporte mes vêtements à l'école.

– C'est loin?

– Dans Chapel Street.

– Et elle s'appelle comment ton école?

– L'institution de l'Habit bleu...

– L'institution de la Bible?

– Non... de l'Habit Bleu. Bien qu'au début cela s'écrivait L, A, et plus loin B, I, B, L, E, U, parce que celui qui l'avait fondée ne savait pas très bien l'orthographe. Alors pour ne pas lui faire de peine, on lui a dit que ça serait une très bonne idée de transformer La Bibleu en Habit Bleu, et qu'ainsi on pourrait avoir un uniforme que tout le monde reconnaîtrait.

– Eh bien, ça ne doit pas être une très bonne école!

– La meilleure de Londres, déclara Smudgeon avec une bouffée d'orgueil. Peut-être même du monde entier, si ça se trouve! A côté de nous, les Verts, c'est de la gnognote. Et pour les Gris, c'est pareil!

CHAPITRE QUATRE

– N'empêche que les Verts t'ont flanqué une drôle de dérouillée, fit observer Jeune Nick non sans pertinence. Pas vrai ?

– Parce que j'étais tout seul! protesta Smudgeon. Si on avait été deux, on en aurait fait des serpillières, des Verts !

Jeune Nick réfléchit.

– C'est comment, ton école? Qu'est-ce qu'on vous apprend ?

– Oh, des trucs... comme la lecture, l'écriture, l'arithmétique...

– En quoi ça consiste, la rithmétique ?

– A ajouter et à retirer. De l'argent, principalement. Ensuite, quand on sait tout ça, on nous apprend un métier, histoire d'assurer notre avenir.

Jeune Nick observa attentivement le garçon d'avenir. Il secoua la tête. Insuffisant. Pour Jubilé, il visait plus haut que cela.

– Ils prennent aussi les filles ? s'enquit-il avec curiosité.

Smudgeon acquiesça.

– Qu'est-ce qu'ils leur apprennent, aux filles ?

– La cuisine, la couture et la Bible, essentiellement.

– Ils leur donnent aussi des habits bleus ?

Smudgeon acquiesça de nouveau

– Et des bas jaunes ?

– Sais pas, dit Smudgeon. Je les ai jamais vus. Les robes descendent jusqu'à terre, pratiquement.

Jeune Nick fronça les sourcils.

CHAPITRE QUATRE

Les pensées tournaient dans sa tête comme des écureuils dans leur cage. Et quand Jubilé revint du lac, échevelée et haletante, il l'observa avec plus d'intérêt qu'à l'accoutumée.

– Regardez ! cria-t-elle en déployant l'habit de Smudgeon. Comme neuf !

Ce qui était un affreux mensonge, vu qu'elle n'avait jamais approché un vêtement neuf d'assez près pour savoir à quoi cela pouvait ressembler. Néanmoins, ce n'était pas trop mal, compte tenu des circonstances. Elle avait éliminé presque tout ce qui était gluant, et le peu qu'il en restait était étalé en couche si mince que c'était quasiment invisible.

Smudgeon prit son habit et compta discrètement les boutons.

– Ils y sont tous ! s'indigna Jubilé.

Les oreilles de Smudgeon devinrent rouges comme des coquelicots.

– Faut que j'y aille, marmonna-t-il mal à l'aise. A l'heure qu'il est, mes camarades doivent être en train de revenir de l'église.

– On t'accompagne ! décréta Jeune Nick en se levant d'un bond dans un frou-frou d'insectes et de brindilles. Nous deux Jubilé.

– Pour quoi faire ? questionna Smudgeon d'un ton soupçonneux.

– On aimerait jeter un coup d'œil sur ton école, répondit Jeune Nick. La meilleure du monde, hein ? Et puis, ajouta-t-il en voyant que Smudgeon ne paraissait pas enchanté, faut bien qu'on surveille notre habit, pas vrai ? Les Verts pourraient traîner dans le coin, et, à nous deux, on en fera des serpillières, comme tu disais.

Ils quittèrent le parc ensemble, ou presque : Smudgeon trottinant en tête, et Jeune Nick et Jubilé ne le perdant pas de vue un seul instant.

– C'est pas grand, dit Jeune Nick en arrivant à l'institution de L'Habit Bleu. T'es sûr que c'est la meilleure école du monde ?

Smudgeon hocha vigoureusement la tête.

– Les bonnes choses sont toujours petites, déclara-t-il.

Pour une fois, Jubilé se félicita de ne pas mesurer quinze centimètres de plus.

La meilleure école du monde était nette et carrée, avec des fenêtres peintes en blanc et des murs de brique rouge. Elle ressemblait à un hôtel particulier encore tout bébé, qu'on aurait entouré de grilles pour l'empêcher de courir jouer dans la rue.

Prudemment, Smudgeon inspecta Chapel Street dans les deux sens, cherchant des yeux ses condisciples revenant de l'église, mais le seul Bleu en vue était un garçon en bois peint, trônant fièrement sur une corniche, au-dessus de la porte de l'école, avec un habit bleu et des bas jaunes.

– Smudgeon !

Smudgeon, qui venait de pousser le portail grinçant, fit un saut de carpe qui le souleva d'un bon mètre au-dessus du sol. Il leva les yeux, mais ce n'était pas le garçon en bois qui avait crié. C'était une femme terrifiante habitant une maison voisine qui l'avait aperçu par la fenêtre du premier étage. En moins de temps qu'il n'en faut pour le dire, sa tête avait disparu du carreau et, tel un noir essaim d'abeilles, elle avait surgi en chair et en os du rez-de-chaussée dans un vrombissant tourbillon de rubans et de fausses perles.

– Pourquoi n'étiez-vous pas à l'église ? rugit-elle en fonçant sur Smudgeon et en l'empoignant par une oreille.

– Je... je m'ai senti patraque ! glapit Smudgeon en essayant de suivre son oreille avant qu'elle ne se détache de son crâne. Je vous jure, madame Rummer ! Je m'ai senti patraque !

– Me suis ! Me suis ! hurla Mme Rummer en secouant l'oreille de Smudgeon comme s'il s'agissait d'un cordon de sonnette. Ce pauvre monsieur Rummer pourrait aussi bien faire son cours à des bûches, pour le profit que vous en tirez ! Me suis, pas m'ai !

A ce moment-là, elle aperçut Jeune Nick et Jubilé qui observaient la scène à travers la grille.

– Qu'est-ce que vous fichez là, tous les deux ? s'enquit-elle en lâchant Smudgeon et en étreignant ses perles parce que quelque chose, chez Jeune Nick et Jubilé, la faisait penser à des chats, des pies et autres créatures suspectes du même acabit. Allez-vous-en, affreux petits va-nu-pieds ! Allez-vous-en !

– Mais c'est nous qu'on l'a ramené, m'dame, dit Jeune Nick. Nous deux Jubilé.

– Qui l'avons ! Qui l'avons ! cria Mme Rummer en secouant la tête avec irritation. Oh, et puis à quoi bon ! Vous ne faites pas partie de l'école. Pourquoi me soucierais-je de la façon dont vous vous exprimez ? Ainsi, vous avez ramené Smudgeon. Quelle bêtise avez-vous faite ensemble, tous les deux ?

Elle foudroya Jeune Nick du regard, puis Smudgeon qui dorlotait son oreille meurtrie, et sa profonde connaissance des garçons lui fit comprendre qu'elle ne leur ferait jamais avouer la vérité, dût-elle y passer le restant de ses jours, dimanche et fêtes compris.

– Je ne veux pas le savoir, soupira-t-elle. Elle leva les yeux vers

CHAPITRE QUATRE

le garçon en bois peint, au-dessus de la porte : Si seulement ils étaient tous comme toi ! murmura-t-elle. Silencieux, propres, et ne disant jamais de mensonges. C'est bon, mon garçon, dit-elle à Smudgeon en élevant la voix, allez raccrocher votre habit à sa patère. Comment va votre oreille ?

– Mieux, Mme Rummer, je vous remercie.

– Hum ! Elle est de travers. La prochaine fois, Smudgeon, rappelez-moi de tirer l'autre. Il est préférable que les deux oreilles soient symétriques.

Elle gloussa en regardant Smudgeon monter les marches du perron et disparaître à l'intérieur de l'école, puis se tourna vers Jeune Nick et Jubilé.

– Vous êtes encore là, tous les deux ? Il me semblait vous avoir dit de partir !

– S'il vous plaît, m'dame, dit Jeune Nick en retenant Jubilé qui cherchait à décamper parce que Mme Rummer la terrifiait, combien ça coûte, d'étudier dans votre école ?

– Rien du tout, c'est une institution philanthropique. Et maintenant, filez.

– On était en train de se demander, m'dame, continua Jeune Nick sur le ton de la conversation, comme si rien, en dehors d'un solide coup de pied ou de l'apparition d'une mouche bleue, n'aurait pu le faire bouger d'un pouce, on était en train de se demander si moi et ma sœur Jubilé on pourrait venir dans votre école apprendre des choses ?

CHAPITRE QUATRE

Mme Rummer, qui était grande et maigre, avec un visage aussi fripé que du papier froissé, regarda bizarrement les deux va-nu-pieds.

– Quel genre de choses désirez-vous apprendre, mon garçon ?

– Pour Jubilé, la cuisine, la couture et la Bible, principalement, m'dame.

– Et pour vous ?

– Oh, la lecture, l'écriture et la... rithmétique, m'dame.

Mme Rummer sourit, et ce fut un étrange spectacle : toutes ses rides se creusèrent comme si son visage allait se déchirer pour laisser apparaître une madame Rummer entièrement différente.

– Eh bien, mon garçon, dit-elle, rentrez chez vous et demandez à votre père de venir voir M. Rummer à l'école demain matin à neuf heures. Je suppose que vous avez un père ?

– Bien sûr qu'on a un père ! dit Jeune Nick. C'est un colosse, notre papa. Il est grand comme une église !

– T'as menti, t'as menti ! psalmodia Jubilé avant d'avoir pu s'en empêcher. T'iras pas au paradis !

– Et maintenant, où on va ? demanda Jubilé à Jeune Nick qui l'entraînait le long de la rue.

– Qu'est-ce que tu crois ? répondit Jeune Nick. On va se chercher un papa. Plus tôt t'apprendras la cuisine, la couture et la Bible, plus tôt je te trouverai un mari !

– Attendons Smudgeon, dit Jubilé en regardant derrière elle.

– Pas de répondant, dit Jeune Nick. Il est pire qu'un animal. C'est pas moi qui irai gaspiller une dot avec un type pareil !

QUAND ON EST EN QUÊTE D'UN PAPA, IL S'AGIT D'OUVRIR L'ŒIL, ET LE BON. PAS QUESTION DE PRENDRE N'IMPORTE QUEL VIEUX ROGATON...

– En v'là un ! s'écria Jubilé en s'élançant comme une petite libellule crasseuse.

– Pas valable ! décréta Jeune Nick en l'entraînant loin du premier papa sur lequel elle avait jeté son dévolu, un mendigot lugubre, vêtu d'un dolman rouge tout taché, qui tendait la main au coin d'une rue. Il lui manque une jambe.

– D'accord, mais c'est un soldat, plaida Jubilé, les yeux humides et verts comme des algues, en songeant aux merveilleuses histoires que lui raconterait pour l'endormir un papa dont la vie avait dû comporter plus d'aventures que de repas.

– Trop petit, trancha Jeune Nick en poussant Jubilé d'une bourrade qui la décolla presque du sol. J'arrête pas de te répéter que notre papa, c'était un colosse grand comme une église.

– T'as menti... commença Jubilé.

Mais elle s'interrompit en apercevant un vieux marchand de lacets nanti de lunettes noires semblables à d'horribles blessures, et d'un affreux cabot tout rabougri.

CHAPITRE  CINQ

– Et celui-là, qu'est-ce que t'en dis ? demanda-t-elle, et elle se tapota le genou en envoyant au chien des baisers mouillés.

– Pas valable ! Ils ont la gale. Tous les deux, répondit Jeune Nick avec une nouvelle bourrade qui envoya Jubilé valdinguer le long d'une ruelle dans un tourbillon de jambes et de guenilles. Vaut mieux essayer la Cour du Diable !

Il avait oublié d'être bête, ce Jeune Nick. Il savait que quand on est à la recherche d'un papa – ou de n'importe quoi, d'ailleurs –, il faut ajuster ses prétentions aux moyens dont on dispose. Ce qui, dans le cas de Jeune Nick et de Jubilé, limitait singulièrement le champ des possibilités. Il fallait donc s'attaquer au niveau le plus bas du marché, là où il y avait toujours une chance de dégoter une bonne affaire dans les marchandises avariées et les laissés-pour-compte.

Les papas, il y en avait à profusion dans la Cour du Diable, accompagnés d'un honnête pourcentage de mamans, ronflant sous les porches, accoudés aux fenêtres cassées ou entassés dans le branlant estaminet local. Le dimanche et la température les avaient tous fait sortir de leurs trous, en même temps qu'une nuée de mouches.

– Ce qu'on cherche, c'est un papa ! rappela sèchement Jeune Nick – en entraînant sa sœur qui s'était immobilisée devant une

squelettique duchesse aux yeux de papillon et aux jambes de sauterelle, qui l'avait appelée « chérie » et avait déclaré qu'elle était ravissante en demandant si ces boucles d'oreilles étaient vraiment en or – Mme Rummer a dit « envoyez votre papa » !

Aussi fouinèrent-ils en quête de papas, explorant les porches, inspectant les fenêtres et ne laissant pas passer un seul chapeau cabossé sans le soulever pour voir ce qui somnolait dessous.

– En voilà un bon ! s'exclama Jubilé fascinée, tel un papillon devant une bougie, par un camelot effondré dans un coin, une boîte pleine de boutons en porcelaine sur les genoux.

– Pas valable ! dit Jeune Nick. Il n'a que la peau et les os. Faut être prudent, quand on choisit un papa. N'oublie pas que le nôtre était un colosse...

– Je sais, je sais ! gémit Jubilé, perdant soudain tout espoir. Aussi grand qu'une église ! Je déteste les églises ! Elles sont dures et froides et obscures ! Si c'est à ça que ressemblait notre papa – ce qui est un affreux mensonge ! –, je suis bien contente de ne pas me souvenir de lui !

Là-dessus, elle fondit en larmes, car elle avait sincèrement eu le coup de foudre pour les boutons en porcelaine, avec lesquels elle aurait été aussi élégante qu'une marquise.

– Regarde ! cria Jeune Nick pour lui changer les idées et la faire tenir tranquille. Là-bas !

Il désignait un vieux gibus cabossé, dont le fond décollé bâillait comme s'il allait en sortir un vol de chauves-souris, et qui ronflait doucement au sommet d'un tas de hardes.

– Voyons voir ce qu'il y a sous celui-là !

Jubilé secoua négativement la tête. Elle était lasse de regarder, et son cœur était déjà plein à craquer de papas qui auraient pu être le bon.

– Vas-y ! insista Jeune Nick en la poussant. Jette un coup d'œil !

Jubilé renifla et son visage s'éclaira.

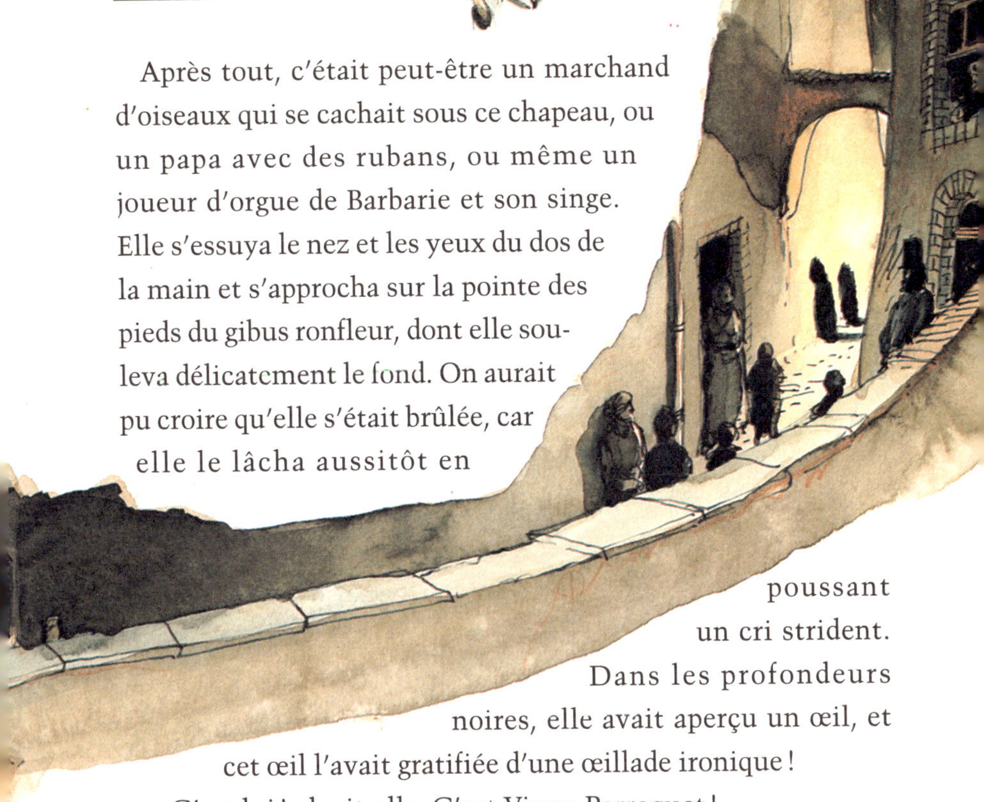

Après tout, c'était peut-être un marchand d'oiseaux qui se cachait sous ce chapeau, ou un papa avec des rubans, ou même un joueur d'orgue de Barbarie et son singe. Elle s'essuya le nez et les yeux du dos de la main et s'approcha sur la pointe des pieds du gibus ronfleur, dont elle souleva délicatement le fond. On aurait pu croire qu'elle s'était brûlée, car elle le lâcha aussitôt en poussant un cri strident. Dans les profondeurs noires, elle avait aperçu un œil, et cet œil l'avait gratifiée d'une œillade ironique !

– C'est lui ! glapit-elle. C'est Vieux-Perroquet !

– Vous cherchez quelqu'un de particulier, ma petite demoiselle ? s'enquit M. Owen en se levant et en refermant le fond de son chapeau. Ou seulement un visage amical ?

Il inclina son gibus de côté d'un air canaille, comme un perroquet en goguette, et tendit un doigt osseux vers l'une des boucles d'oreilles de Jubilé.

– Oh non, pas question ! cria Jeune Nick en tirant Jubilé en arrière avant qu'elle n'ait perdu la moitié d'une oreille en

même temps que la moitié de sa dot, car il savait ce que ce doigt s'apprêtait à faire. *Taffy est un Gallois, Taffy est un bandit !* Ces boucles d'oreilles sont inamovibles, dit-il.

– Futé, dit M. Owen sans se troubler le moins du monde. Malin comme un singe.

Il contempla son doigt déçu, puis le frotta le long de son grand bec de nez comme pour l'affûter en vue de la prochaine occasion.

– Voilà ce que j'aime : un garçon malin comme un singe.

– Vous pourriez nous dire quelle heure il est, monsieur ? demanda Jeune Nick en pensant subitement à la montre en or, aux cinquante livres de récompense et à cette fripouille de Vieux-Perroquet derrière les barreaux pour le restant de ses jours. S'il vous plaît ?

– Un singe doublé d'un renard, dit M. Owen en hochant la tête. Et le flair d'une fouine, j'en mettrais ma tête à couper.

Pendant un instant, on put croire que le vieux truc allait prendre.

– L'heure, dites-vous ? murmura-t-il en tendant la main vers son gousset. Eh bien, il est… commença-t-il.

Mais il n'alla pas plus loin.

– Ma parole, c'est Smudgeon ! s'écria-t-il, et sa main déserta sa poche aussi vite qu'une araignée déserte une toile déchirée.

Smudgeon ! Décidément, ce type ne semblait avoir été mis au monde que dans le seul but d'empêcher Jubilé de se marier !

CHAPITRE  CINQ

– Ça, alors, si ce n'est pas ma petite blanchisseuse ! s'exclama Smudgeon en émergeant d'un trou entre deux maisons comme un asticot d'un fromage et en suscitant à peu près autant d'enthousiasme.

En tout cas, le nouvel arrivant avait la voix de Smudgeon, même s'il ne lui ressemblait en rien. Disparu l'élégant habit bleu, envolés les beaux bas jaunes, remplacés par les nippes grossières d'un galopin comme les autres. Jubilé ouvrit des yeux ronds : manifestement, il lui plaisait beaucoup moins sans ses boutons de cuivre.

– Allez vous jeter dans le lac ! répliqua-t-elle, fière comme un rosier au printemps.

– Après vous ! riposta Smudgeon en fixant les jambes sales de Jubilé. Et n'oubliez pas le savon !

Si elle avait eu quinze centimètres de plus, elle lui aurait allongé une bonne claque sur l'oreille, mais comme elle ne les avait pas, elle tourna les talons pendant que Smudgeon demandait à Jeune Nick ce qu'ils faisaient à la Cour du Diable.

– On cherche un papa, répondit Jeune Nick.

Ce qui provoqua une dispersion générale des badauds, personne n'ayant envie de s'encombrer d'une paire de garnements comme Jeune Nick et Jubilé, même s'il y avait eu un sac de pommes de terre en prime.

– Pour quoi faire ? demanda Smudgeon.

Jeune Nick lui parla de Mme Rummer et du désir qu'il avait d'aller à l'école. Smudgeon réfléchit profondément.

– Pourquoi pas lui ? dit-il en pointant un pouce vers Vieux-Perroquet qui s'était un peu écarté et s'adossait à un mur. Vous pourriez trouver pire.

– Mais notre papa était un colosse... protesta Jeune Nick.

– Les bonnes choses sont toujours petites, coupa Smudgeon avec autorité.

Jubilé sourit triomphalement : le colosse était enfin ramené à de plus justes proportions.

– Monsieur Owen ! appela Smudgeon.

– Il n'est pas valable ! cria désespérément Jeune Nick.

Mais c'était trop tard : Vieux-Perroquet avait levé les yeux, penché la tête de côté et décollé son dos du mur.

– Qu'est-ce qui te plairait, mon garçon ? demanda-t-il en s'approchant d'un pas traînant. Une chanson ou un monologue ?

– C'est pas pour moi, répondit Smudgeon, c'est pour eux.

Et il désigna Jeune Nick et Jubilé.

– Hum ! fit Vieux-Perroquet en les examinant attentivement. Sel et vinaigre. Voyons si nous pouvons adoucir un peu cela.

Smudgeon se croisa les bras, s'attendant apparemment à ce que M. Owen fasse quelque chose d'extraordinaire, comme de sortir de sa manche un rôti de bœuf aux carottes.

– Filons ! murmura Jeune Nick en donnant un coup de coude à Jubilé.

Mais elle était aussi immobile que les réverbères du parc. S'il y avait un rôti de bœuf et des carottes dans la manche de Vieux-Perroquet, elle ne voulait pas rater cela. Mais tout ce qu'il y avait,

c'était un vieux pipeau en fer-blanc qu'il astiqua sur sa manche avant de le porter à ses lèvres et d'en tirer une avalanche de notes qui se termina par l'amorce d'un air.

– *Le Bosquet de frênes !* s'écria Smudgeon. Chantez-nous *Le Bosquet de frênes !*

Et M. Owen s'exécuta. Il rangea son pipeau, prit une profonde inspiration qui le gonfla comme un crapaud-buffle, puis, les yeux au ciel et les pouces aux entournures du gilet, le perroquet se transforma en rossignol !

– *Dans le verdoyant vallon.*

Où serpente un ruisselet, entonna-t-il.

Et la voix mélodieuse qui jaillit de sa gorge était aussi suave et aussi inattendue que le lait doux et crémeux jaillissant du pis d'une vache.

– *Quand vient le crépuscule et que j'erre, songeur...*

Il n'était pas bien grand, mais sa voix était celle d'un géant ! Elle devait porter jusqu'à Kilkenny , et tous les loqueteux de la Cour du Diable sortirent en rampant des trous noirs et des porches obscurs, toutes les têtes se penchèrent aux fenêtres pour écouter la chanson de Vieux-Perroquet.

– *Ô dites-moi, échos, où est ma douce amante,* chanta M. Owen en adressant un clin d'œil à Jubilé qui en rosit de

porches obscurs, toutes les têtes se penchèrent aux fenêtres pour écouter la chanson de Vieux-Perroquet.

– *Ô dites-moi, échos, où est ma douce amante,* chanta M. Owen en adressant un clin d'œil à Jubilé qui en rosit de plaisir. *Elle dort sous l'herbe verte, dans le bosquet de frênes.*

Il se tut, et on entendit un grand soupir, comme un souffle de vent dans des feuilles mortes. Et puis les têtes disparurent des fenêtres et les loqueteux s'éclipsèrent en tapinois, parce qu'on ne savait jamais : M. Owen aurait pu avoir l'idée de faire la quête.

– C'était un vrai régal, monsieur Owen, dit fièrement Smudgeon.

M. Owen inclina sa grosse tête ronde, puis il se tourna vers Jeune Nick et Jubilé et les observa attentivement.

– Ah, voilà qui est mieux, dit-il. Sucre et aromates !

– Ils ont besoin d'un papa, dit Smudgeon.

– Pas du tout, jamais de la vie ! vociféra Jeune Nick.

– Si, il nous en faut absolument un ! protesta Jubilé.

– Pour quoi faire ? demanda M. Owen qui, estimant les opinions équitablement partagées, se tourna vers Smudgeon pour emporter la décision.

Smudgeon lui expliqua de quoi il retournait. M. Owen hocha la tête.

– Du moment qu'il s'agit seulement d'être leur papa pour une matinée, dit-il, cela ne fera de tort à personne. Rendez-vous devant l'école à neuf heures précises, ajouta-t-il à l'intention de Jeune Nick et de Jubilé. Tâchez d'être exacts.

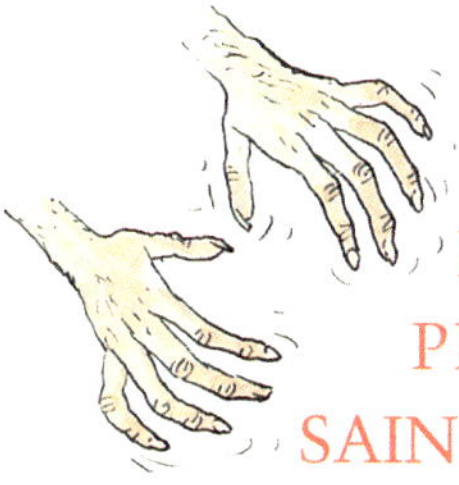

LUNDI, NEUF HEURES DU MATIN, PROCLAMAIENT LES CLOCHES DE SAINTE-MARGARET ET DE SAINT-GILLES. Il faisait chaud, les rues étaient pleines de monde, et le soleil brillait de tous ses feux. Le nez de M. Owen aussi.

– Il a du vent dans les voiles ! décréta Jeune Nick en voyant leur papa d'un matin louvoyer dans Chapel Street, le chapeau sur un œil, l'autre œil quelque peu vague. Je te l'avais dit qu'il était pas valable !

– C'est le vulnéraire* des Écossais, expliqua M. Owen en s'arrêtant tellement brusquement devant l'école qu'il faillit s'étaler.

– Des Écossais ? Je vous croyais Gallois, dit Jubilé en tortillant l'un des anneaux qui ornaient ses oreilles sales.

– Seulement quand je suis à jeun, répondit Vieux-Perroquet qui se cramponnait à la grille en cherchant à

* Vulnéraire : ancien médicament utilisé pour guérir les plaies ; également : cordial. Le vulnéraire des Ecossais est une expression imagée pour parler du whisky...

tâtons la poignée du portail. J'avais besoin d'une petite goutte de vulnéraire des Écossais : c'est la première fois que je suis papa.

– Il n'est notre papa que pour la matinée, murmura Jeune Nick en surveillant d'un œil vigilant les doigts prestes de Vieux-Perroquet et l'or qui scintillait aux oreilles de Jubilé.

Le portail métallique s'ouvrit en grinçant, et le garçon en bois, au-dessus de la porte, sembla renifler une odeur déplaisante lorsque M. Owen entreprit de gravir les marches du perron. Il n'était pas au mieux de sa forme, mais il finit quand même par atteindre le sommet et resta là, à se balancer comme une chenille cherchant une feuille. Puis il aperçut le heurtoir de cuivre fixé sur la porte, et les yeux durent lui sortir de la tête : cela se sentit à sa nuque. Après avoir jeté un regard circulaire pour s'assurer qu'il n'y avait personne aux alentours, il tendit la main vers le heurtoir, mais, avant qu'il ait pu l'escamoter, celui-ci s'envola hors de sa porté; la porte venait de s'ouvrir soudainement et le visage fripé de Mme Rummer s'y encadra.

– Il me semblait bien avoir entendu grincer le portail ! s'écria-t-elle.

Puis elle lança par-dessus son épaule :

– Ils sont là, monsieur Rummer ! Les deux enfants dont je vous ai parlé! Ils sont venus avec leur père !

Aussitôt, une commotion ébranla le petit bâtiment, qui en trembla sur ses bases ! On entendit

une cavalcade effrénée, comme si la maison était pleine de chevaux emballés, et toutes les fenêtres se garnirent instantanément de rangées de visages curieux, hilares et tirant la langue.

– Regagnez vos places ! ordonna une voix sévère. Immédiatement !

Les visages disparurent encore plus vite qu'ils n'étaient apparus.

– Madame Rummer !

– Oui, monsieur Rummer ?

– Surveillez-les pendant que je me rends à côté !

Mme Rummer leva les yeux vers l'écolier en bois, au-dessus de la porte.

– Si seulement ils étaient tous comme toi ! soupira-t-elle. Propres, sages, et ne quittant jamais leur place !

Et elle disparut à l'intérieur de l'école à l'instant précis où M. Rummer en sortait. A un moment c'était elle qui était là et à un autre c'était lui, et on n'aurait pas vu la différence si l'un d'eux n'avait porté un pantalon et l'autre une jupe. Si ce n'était que le visage de M. Rummer était encore plus fripé, comme s'il avait été froissé pendant plus longtemps et par un poing plus énergique.

– Owen ! clama Vieux-Perroquet en se présentant de lui-même à M. Rummer sans que celui-ci l'y eût invité. Noël Owen !

Il ôta son chapeau et s'inclina tellement bas que M. Rummer dut lui tendre la main pour l'empêcher de basculer. Le colosse se serait retourné dans sa tombe s'il avait pu en sortir et voir le papa qui tenait sa place !

– Je... commença M. Rummer, mais M. Owen était trop rapide pour lui.

– Et ces jeunes gens, rugit-il en agitant son chapeau en direction de Jeune Nick et de Jubilé, sont mes chérubins ! Ils ont besoin de se cultiver, monsieur ! Ils ont besoin de s'améliorer, monsieur ! Ils ont besoin de se perfectionner, monsieur ! Ils ont besoin...

– Ils ont besoin de se laver, coupa M. Rummer parvenant enfin à glisser un mot.

Mais il n'alla pas plus loin, car le vulnéraire des Écossais qui illuminait la face de Vieux-Perroquet n'avait pas terminé ses effets.

– Bien sûr qu'ils ont besoin de se laver ! cria-t-il en descendant les marches derrière M. Rummer. Et de manger, monsieur, et de se vêtir, monsieur ! Et de lire, monsieur, et d'écrire, monsieur, et d'apprendre l'arithmétique et la Bible, monsieur ! Mais le corps humain et le courage humain ont des limites, monsieur, et une seule paire de mains ne peut pas tout faire !

– Et leur mère, monsieur Owen ? réussit enfin à placer

M. Rummer quand Vieux-Perroquet s'arrêta pour reprendre son souffle.

– Leur... leur mère, monsieur ?

– Oui, monsieur Owen, leur mère ?

M. Owen ouvrit la bouche et la referma. Mais rien n'en sortit, si ce n'est un relent de whisky. Il regarda Jeune Nick et Jubilé d'un air égaré, comme s'ils étaient sortis d'un œuf et n'avaient jamais eu la moindre mère, puis il se ressaisit, ce qui ne fut pas une mince affaire, compte tenu de son état de délabrement.

– Ah, leur mère ! s'écria-t-il.

Glissant ses pouces dans les entournures de son gilet, il se mit à chanter :

– *Elle dort sous l'herbe verte, dans le bosquet de frênes !*

Il fallait le reconnaître : pas question de prendre Vieux-Perroquet au dépourvu !

– Notre papa ! murmura fièrement Jubilé.

– Pour la matinée seulement ! rappela Jeune Nick.

– Vous avez une très belle voix, monsieur Owen, dit M. Rummer après avoir précisé à quel point il était désolé d'apprendre que Mme Owen était morte et enterrée. Vous devriez venir chanter à l'église avec nos garçons.

– Alors, prenez mes chérubins ! s'exclama aussitôt M. Owen en saisissant M. Rummer par une manche. Et j'emplirai votre église de cantiques !

Et il fit un clin d'œil à Jeune Nick et à Jubilé, comme pour dire : Montrez-moi le papa qui s'en tirerait mieux que moi !

M. Rummer pesait le pour et le contre.

– Cela me paraît une proposition honnête, monsieur Owen, finit-il par répondre en libérant sa manche et en vérifiant que les boutons s'y trouvaient toujours. Venez chez moi avec vos... euh... chérubins, et nous allons voir ce que nous pouvons faire.

Il les conduisit à la maison voisine, qui était rose et couverte de plantes grimpantes, ce qui donnait l'impression qu'elle jouait à cache-cache derrière un buisson, et M. Owen n'arrêta pas une seconde de parler ni d'essayer de faire main basse sur tous les objets brillants qui attiraient ses regards... même à l'intérieur de la maison et jusque dans le propre bureau de M. Rummer, lorsque celui-ci fut assis derrière sa table, une plume à la main et un grand registre ouvert devant lui, et qu'il leva les yeux comme un vieux blaireau fatigué sortant de son trou pour respirer, attendant avec résignation que M. Owen soit à bout de souffle !

– Vous avez là une bien élégante demeure, monsieur ! déclara M. Owen en regardant autour de lui.

– Elle appartient à l'Institution, répondit M. Rummer en déplaçant un encrier d'argent pour le mettre hors de portée de M. Owen.

– Vous exercez une noble profession, monsieur, dit M. Owen. L'avenir de la nation est entre vos mains.

– Mais pas grand-chose d'autre, murmura M. Rummer en surveillant un canif d'argent qui s'était mystérieusement déplacé jusqu'au bord de son bureau. Prénoms ?

– Prénoms ? répéta M. Owen en retirant son gibus et en grattant son crâne broussailleux.

– Prénoms, monsieur Owen. Quels sont les prénoms de vos enfants ?

– Jeune Nick ! dit Jeune Nick.

– Jubilé ! dit Jubilé.

M. Owen opina.

M. Rummer plongea sa plume dans l'encre et inscrivit les prénoms dans son registre.

– Age ? Quel âge ont vos enfants, monsieur Owen ?

– Dix ans ! dit Jeune Nick.

– Neuf ans ! dit Jubilé.

M. Owen opina. La plume grinça sur le papier.

– Et où habitez-vous ? demanda M. Rummer en s'adressant directement à Jeune Nick et à Jubilé.

– Au numéro 2 de l'impasse de l'Union ! répondit M. Owen.

Jeune Nick et Jubilé opinèrent.

M. Rummer les regarda bizarrement pendant un instant, mais il n'en nota pas moins l'adresse comme si de rien n'était. Après quoi il reposa sa plume et prit un imprimé.

CHAPITRE SIX

– Ce sont les statuts et règlements de l'Institution, monsieur Owen, dit-il. Je vais vous résumer l'essentiel.

– Je vous en serai éternellement reconnaissant, monsieur ! dit M. Owen en essayant de glisser discrètement son chapeau sur un coupe-papier en cuivre que M. Rummer réussit à sauver *in extremis*.

– Il est minable ! chuchota Jeune Nick écœuré, non pas parce qu'il réprouvait le chapardage, mais simplement parce que le vulnéraire des Écossais avait fait perdre à Vieux-Perroquet une bonne partie de son savoir-faire gallois, et qu'il s'y prenait très mal !

– L'Institution, dit M. Rummer en lisant le papier d'un œil et en surveillant de l'autre les doigts baladeurs de M. Owen, se charge de fournir une éducation à vos enfants et de leur apprendre un métier en rapport avec leurs capacités quand ils seront en âge de travailler.

– Ah ! la charité, monsieur ! Bien que nous ayons tous conscience de posséder la foi qui déplace les montagnes, dit M. Owen en louchant sur un presse-papier en bronze, nous ne sommes rien sans la charité !

– De plus, continua M. Rummer en surveillant le presse-papier, l'Institution fournit à chaque enfant une paire de souliers accompagnée d'une paire de boucles, un habit bleu...

– Un habit ? glapit Jubilé.

– Une robe pour Jubilé, rectifia M. Rummer.

Une douzaine de boutons de cuivre, une pèlerine de laine, une paire de bas jaunes, une casquette...

– Une casquette ? glapit Jubilé.

– Un bonnet pour Jubilé, rectifia M. Rummer, et une Bible.

– Princier, monsieur ! déclara M. Owen tandis que Jeune Nick et Jubilé échangeaient un regard positivement royal.

– Et maintenant, ce qui vous concerne, monsieur Owen, annonça M. Rummer. Vous vous engagez à envoyer les enfants à l'Institution tous les jours, y compris les dimanches et jours fériés, et avec du linge propre deux fois par semaine.

– Deux fois par semaine, confirma M. Owen comme si la chose allait de soi.

– Les horaires de l'école sont de sept heures à onze heures le matin, et de une heure à cinq heures l'après-midi.

– Une heure à cinq heures.

– Vous avez une montre, monsieur Owen ?

– Bien sûr qu'il a une montre ! intervint Jeune Nick.

– Futé, dit Vieux-Perroquet. Malin comme un singe. Tout le portrait de sa mère, que Dieu ait son âme !

– Dans ces conditions, si vous voulez bien signer cet exemplaire des statuts et règlements, monsieur Owen, je soumettrai votre cas aux administrateurs cet après-midi.

Il poussa le papier vers M. Owen, à qui il tendit sa plume.

– Ici, en bas de la page. Faites simplement une croix.

– Je sais signer mon nom, monsieur ! s'indigna Vieux-Perroquet, et il en apporta la preuve avec quelques éclaboussures et un magnifique parafe.

– Notre papa ! murmura Jubilé.

– Seulement pour la matinée ! chuchota Jeune Nick.

– Je passerai vous voir, monsieur Owen, dit M. Rummer en reprenant le papier, pour vous faire part de la décision des administrateurs. Peut-être ce soir même. Vous serez chez vous ?

Vieux-Perroquet ouvrit des yeux ronds et devint vert, soit parce qu'il avait trop abusé du vulnéraire des Écossais, soit à l'épouvantable perspective de recevoir une visite.

– Nous tenons à nous assurer que nos enfants ne traînent pas dans les rues, poursuivit M. Rummer en jetant un coup d'œil sur le document que M. Owen venait de signer.

Puis il leva les yeux et demanda très doucement :

– Il s'agit bien de vos enfants, n'est-ce pas ?

– Sûr qu'on est ses enfants ! s'écria Jeune Nick en voyant s'envoler ses espoirs de voir Jubilé apprendre à cuisiner, à coudre et à lire la Bible. C'est notre papa ! Il a signé son nom, pas vrai ?

– Sûr que c'est notre papa ! gémit Jubilé en voyant s'envoler son bonnet, sa robe et ses beaux bas jaunes. C'est marqué sur le papier !

– Si je me suis permis de poser la question, murmura M. Rummer en examinant attentivement la signature de M. Owen, c'est parce que ces enfants paraissent être irlandais, alors que vous êtes manifestement gallois, monsieur Owen.

– C'est leur mère qui était irlandaise, monsieur ! riposta M. Owen. Que Dieu ait son âme !

Sacré Vieux-Perroquet ! Il aurait rendu des points au Vieux Nick en personne, pas d'erreur! Mais M. Rummer n'en avait pas encore fini avec lui.

– Il y a encore une chose qui m'intrigue, dit-il en continuant à étudier le papier. Le garçon a déclaré à madame Rummer que son père était un colosse. Grand comme une église, a-t-il précisé. Ce qui n'est pas exactement votre cas, monsieur Owen, ajouta-t-il en levant les yeux.

– Il a menti ! pleurnicha Jubilé. Il n'ira pas au paradis !

– Il tient ça de sa mère, monsieur, bredouilla Vieux-Perroquet plus vert que jamais. Dieu ait son âme !

Il amorça un mouvement de repli en direction de la porte et fit signe à Jeune Nick et à Jubilé de le suivre.

– Venez, mes chérubins ! Il est temps de... de rentrer chez nous !

M. Rummer se leva.

– N'oubliez pas, dit-il sévèrement en levant un index barbouillé de craie. Ce soir, je compte vous trouver tous les trois à la maison.

– Ce soir, monsieur, marmonna M. Owen qui essayait de mettre son chapeau mais ne trouvait plus sa tête. A la maison. Tous les trois... à la maison.

– Et je vous serais obligé, monsieur Owen, dit M. Rummer en tendant la main, de bien vouloir me rendre ma plume !

VIEUX-PERROQUET HABITAIT AU SOMMET D'UN ESCALIER OBSCUR ET MALODORANT, SOUS LE TOIT DU NUMÉRO 2 DE L'IMPASSE DE L'UNION que tout le monde appelait l'impasse de l'Oignon parce qu'elle était en permanence baignée de larmes. Les principaux responsables en étaient les bébés vagissants, mais on y rencontrait souvent des adultes aux joues luisantes et aux yeux larmoyants, tapis dans un coin du vestibule ou de l'escalier parce qu'ils ne pouvaient aller nulle part ailleurs pour pleurer sans témoins, tous les logements étant pleins à craquer.

Sauf celui de M. Owen. Vieux-Perroquet disposait en effet d'une chambre pour lui tout seul. Ce n'était pas parce qu'il était riche, mais plus simplement parce que nul n'ignorait qu'il vous faucherait l'émail de vos dents dès que vous auriez le dos tourné, et qu'il n'était donc pas prudent de cohabiter avec lui. C'était lui qui avait dérobé l'avis des mouches bleues sur la porte du pub : il était cloué sur son mur. Et ce n'était pas le seul ! Il y en avait partout, au-dessus de la cheminée, autour du lit et jusqu'au dos de la porte, probablement relatifs à des larcins commis tout le long du trajet entre Cardiff et Saint James Park !

– Lui et son colosse ! gémit M. Owen en se laissant tomber sur son lit, la tête dans les mains, rendant Jeune Nick coupable de tout. Grand comme une église... je vous demande un peu !

– Mais il l'était, il l'était ! s'entêtait Jeune Nick qui n'entendait pas se laisser déposséder de son prestigieux papa.

Jubilé, quant à elle, fouinait dans la pièce, regardant sous le lit et examinant les avis de récompense, ses joues barbouillées fendues d'un grand sourire. Des trois personnes réunies dans le logement de Vieux-Perroquet, elle était la seule à être heureuse.

– Chantez-nous une chanson,

monsieur Owen ! implorait-elle continuellement. Notre papa !

– Hors d'ici, répugnante créature! s'exclama soudain M. Owen.

Cela ne s'adressait pas à Jubilé, mais à un chat galeux auquel il manquait une oreille. La pauvre bête venait de passer sa vilaine tête à la porte comme si elle venait encaisser le loyer.

Monsieur Owen retira l'un de ses souliers et le lança en direction du chat, qui le regarda de travers et s'éclipsa.

– Sale voleur ! marmonna M. Owen en clopinant à la recherche de son soulier qui était passé par la porte ouverte.

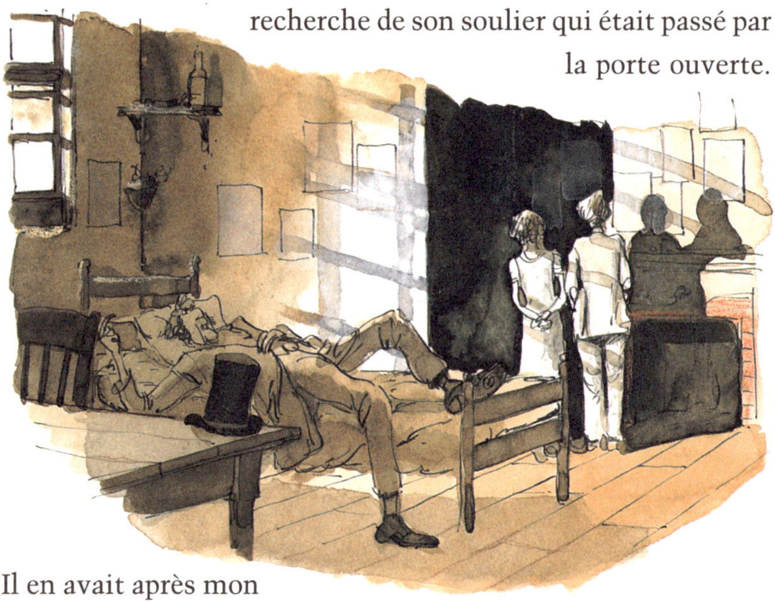

Il en avait après mon dîner, expliqua-t-il en revenant dans la chambre et en allant s'assurer que le pâté de mouton qu'il avait laissé sur une étagère, à côté de son lit, était toujours intact.

CHAPITRE SEPT

Mais le pâté n'y était plus. Il se trouvait pour moitié dans le ventre de Jeune Nick, le reste étant encore en cour de déglutition chez Jubilé. Impossible de s'y tromper : elle avait la bouche pleine et des miettes plein le menton. Jubilé avait toujours mangé salement, et elle aimait bien prendre son temps.

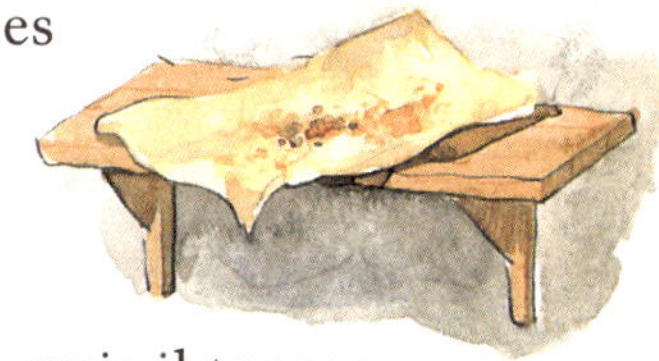

Vieux-Perroquet les foudroya du regard, puis il tourna les yeux vers un couperet de boucher posé dans l'âtre et ils comprirent qu'il songeait à l'utiliser pour récupérer son dîner, où qu'il soit. Il avait les yeux rouges comme des groseilles. Mais il n'ouvrit pas la bouche. Il devait avoir peur, si M. Rummer venait le voir et trouvait la pièce pleine de sang et d'ossements, de se retrouver environné de plus de mouches bleues qu'un morceau de viande avariée !

Soudain son visage s'éclaira, mais Jeune Nick ne s'y laissa pas prendre. Il s'était rendu compte que Vieux-Perroquet n'avait pas seulement des doigts baladeurs et une voix mélodieuse. Il y avait en lui une férocité qui faisait penser à l'histoire de la vieille dame dans la forêt, celle qui faisait cuire des enfants dans son four et les mangeait chauds au souper et froids le lendemain.

– Vous allez descendre au rez-de-chaussée, mes chérubins, dit-il en s'efforçant de parler d'une voix douce et gentille, exactement comme la vieille dame dans la forêt. Frappez à la porte du logement sur cour et demandez madame Smudgeon...

– Comme notre Smudgeon à nous ? demanda Jubilé en essuyant sa bouche sur sa manche.

– C'est sa mère, dit M. Owen. Vous lui direz que monsieur Owen, le locataire de l'étage, lui serait infiniment reconnaissant de bien vouloir lui prêter deux sacs de copeaux jusqu'à ce soir. Après tout, continua-t-il avec un gloussement dans la voix, il faut bien montrer que vous disposez d'un endroit convenable pour dormir, mes chéris ! Nous ne voudrions pas que monsieur Rummer, quand il viendra, s'imagine que les chérubins de monsieur Owen couchent à même le plancher, n'est-ce pas ?

Les Smudgeon étaient des gens bien, ça se voyait tout de suite. Chez eux, pas question de se soûler, de jurer ou de se crêper le chignon. Ils occupaient tout le rez-de-chaussée sur cour, à l'exception d'un coin, près de la cheminée, isolé du restant de la pièce par une couverture tendue sur une ficelle, qui était loué à un certain O'Grady et à son ami, monsieur D, un homme vraiment pas gênant car personne ne l'avait jamais vu.

Smudgeon était à l'école et son papa au travail, en train de vendre du bois de chauffage dans Pye Street. Les seuls membres de la famille présents étaient sa maman, un tout petit bout de femme, et son petit frère, un bébé hurleur baptisé Parlement* parce qu'il était né pratiquement à l'ombre de celui-ci.

* Equivalent britannique de la Chambre des Députés.

CHAPITRE SEPT

– Alors, c'est vous, les frère et sœur ? dit Mme Smudgeon en examinant Jeune Nick et Jubilé de la tête aux pieds. Notre aîné, expliqua-t-elle en tapotant sa coiffure avec coquetterie, celui qui fait ses études à l'institution de l'Habit Bleu, nous a parlé de vous. Ainsi, M. Owen a besoin de deux sacs de copeaux. Tenez-moi Parlement, ma chère, dit-elle en déposant le paquet vagissant dans les bras de Jubilé, pendant que je vais voir ce que monsieur Smudgeon nous a laissé.

Elle sortit de la pièce, et Parlement hurla à s'en faire éclater les poumons.

– Pour l'amour du ciel ! s'écria la voix de M. O'Grady derrière la couverture. Mettez-y un bouchon ou enfoncez-lui son poing dans la bouche. Mon ami, monsieur D, voudrait dormir !

Son long visage hérissé de barbe apparut au coin de la couverture, regarda Jeune Nick et Jubilé, et s'épanouit.

– Je parie que vous êtes irlandais !

– De Kilkenny, répondit Jeune Nick. Là-bas, notre papa était très connu. C'était un colosse, grand comme une église.

CHAPITRE SEPT

Pour une fois, Jubilé ne le traita pas de menteur: elle était trop occupée avec Parlement.

– Alors, c'était sûrement un homme extraordinaire, dit M. O'Grady avec un sifflement admiratif. Quand mon ami, monsieur D, se réveillera, je lui demanderai s'il le connaissait. Grand comme une église, dites-vous? Et de Kilkenny ?

Avant que Jeune Nick ait pu le supplier de réveiller immédiatement monsieur D, Mme Smudgeon revint et M. O'Grady disparut derrière sa couverture.

– Vous direz à monsieur Owen que je n'ai pas pu faire mieux, dit-elle en tendant deux sacs assez flasques. Ils ne sont pas bien pleins, et ils contiennent plus d'éclats de bois que de copeaux. Mais comme c'est uniquement pour les montrer, cela n'a pas grande importance.

Elle donna les sacs à Jeune Nick et reprit Parlement des bras de Jubilé. Lorsqu'elle se redressa, elle fronçait les sourcils.

– Vous aurez intérêt à les surveiller de près, quand vous serez là-haut, dit-elle en regardant fixement les boucles d'oreilles de Jubilé. Sans vouloir l'offenser, monsieur Owen a ses petites manies !

– Tu as entendu ça ? chuchota Jeune Nick en remontant l'escalier.

– Au sujet de notre papa ? questionna Jubilé .

– Non, au sujet de monsieur D et de Kilkenny, dit Jeune Nick en parlant du colosse.

Et ses yeux brillaient comme des étoiles.

– CE CHAT ! VOCIFÉRA VIEUX-PERROQUET EN SCRUTANT TOUS LES RECOINS DE SON LOGEMENT.

– Quel chat ? s'enquirent Jeune Nick et Jubilé, pensant qu'il avait perdu la tête.

– Cette fripouille tigrée avec son oreille en moins ! Vous avez dû le laisser entrer en ouvrant la porte.

– Jamais de la vie ! protestèrent Jeune Nick et Jubilé avec l'innocence outragée des âmes pures.

– Je l'entends gratter !

– C'est Jubilé, dit Jeune Nick. Elle a des puces.

Ce qui était exact : Jubilé passait son temps à se gratter pour calmer les démangeaisons causées par ces bestioles.

– Alors, pour l'amour du ciel, arrêtez ! Il ne faudrait pas que monsieur Rummer, quand il sera là, pense que les chérubins de monsieur Owen sont infestés de vermine ! dit Vieux-Perroquet en continuant à inspecter anxieusement sa chambre.

CHAPITRE HUIT

Il n'avait pas perdu son temps. Pendant que Jeune Nick et Jubilé étaient au rez-de-chaussée, chez Mme Smudgeon, il avait retapé son lit, décroché des murs toutes les annonces de récompense, et même étendu un bout de tapis déchiré sur le plancher vermoulu, devant la cheminée.

Il se montrait très pointilleux au sujet de ce tapis et interdisait qu'on y pose le pied, de crainte qu'il ne parte en lambeaux avant l'arrivée de M. Rummer.

– Écartez-vous, n'y touchez pas ! criait-il chaque fois que Jeune Nick ou Jubilé faisaient mine de le frôler.

Il leur adressait alors un clin d'œil et un sourire comme s'il s'agissait d'une bonne blague. Mais on sentait bien qu'il se faisait un souci terrible à propos de cette visite et qu'il redoutait que M. Rummer ne le prenne en défaut d'une manière ou d'une autre.

– Arrêtez de vous gratter !

– Je me grattais pas ! protesta Jubilé, ce qui était sûrement un affreux mensonge, tout le monde sachant très bien qu'elle était aussi gratouilleuse qu'une fourmilière.

M. Rummer arriva de bonne heure. Il revenait de l'école avec Smudgeon, tout de suite après la classe, encore vêtu de la redingote noire et du huit-reflets* de sa visite aux administrateurs. Jamais on n'avait vu un instituteur aussi rapide. Il traversa la cour comme une longue coulée d'encre, suivi de Smudgeon qui

* Chapeau haut de forme.

courait presque pour se maintenir à son niveau, et Vieux-Perroquet eut tout juste le temps de s'administrer une dose de vulnéraire des Écossais avant que M. Rummer n'atteigne l'étage et ne frappe à la porte.

– J'arrive, monsieur ! bafouilla M. Owen en s'essuyant la bouche et en reposant la bouteille sur l'étagère d'une main tremblante. J'arrive tout de suite !

Il courut ouvrir la porte et, avec force courbettes, sautillements, ronds de jambe et grands gestes des bras, comme s'il écartait d'invisibles tentures, il invita M. Rummer à entrer.

– Comme vous le voyez, monsieur, tout est exactement conforme à vos souhaits ! Nous sommes tous à la maison, ha-ha ! Moi et mes chérubins ! Toute la famille, ha-ha !

M. Rummer hocha la tête.

– Je suis venu directement, monsieur Owen, dit-il en enlevant son chapeau et ses gants et en les posant sur la table, là où il pourrait les surveiller, parce que j'ai de bonnes nouvelles à vous annoncer. Les administrateurs, poursuivit-il en allant se placer devant la cheminée, les mains croisées derrière le dos, ses bottines noires, aussi brillantes que des scarabées, au beau milieu du précieux tapis de Vieux-Perroquet, les administrateurs ont accepté de recevoir vos enfants à l'Institution !

Tout allait bien ! Vieux-Perroquet en chancela de soulagement, et Jeune Nick serra de toutes ses forces la main de Jubilé. Elle allait pour de bon être instruite, perfectionnée et éduquée. Autant dire qu'elle était quasiment mariée !

– Arrête de te gratter ! chuchota-t-il férocement.

– Je me grattais pas ! chuchota Jubilé, ce qui était à nouveau un affreux mensonge, étant donné qu'on l'entendait faire et qu'elle se démenait comme une punaise.

– Les enfants, dit M. Rummer en leur lançant un regard acéré, son oreille d'instituteur ayant perçu soit les chuchotements, soit les grattements, assisteront aux cours à partir de demain matin à sept heures.

– A sept heures, monsieur ! acquiesça Vieux-Perroquet qui avait hâte que la visite prenne fin, maintenant que tout était réglé. A la minute près, mes chérubins seront sur votre perron, monsieur !

M. Rummer approuva d'un hochement de tête, mais ne fit pas un geste pour s'en aller. Il tira de sa poche une feuille de papier qu'il remit à M. Owen.

– Les statuts et règlements de l'Institution, dit-il. Ceci est une copie du document que vous avez signé ce matin. Vous devez le conserver soigneusement, afin de vous rappeler les devoirs et les responsabilités que vous avez accepté d'assumer, monsieur Noël Owen.

– Comme la Bible, monsieur ! s'écria avec fougue M. Owen, et il s'empressa d'accrocher le papier à l'un des clous auxquels avaient été fixés les avis de récompense, puis de tendre à M. Rummer son chapeau et ses gants. Les statuts et règlements ! Je m'en imprégnerai matin et soir, monsieur !

Il avait la repartie rapide, ce Vieux-Perroquet, on était bien forcé de le reconnaître !

– Dans ce cas, je me permets d'attirer votre attention sur l'article un, monsieur Owen, dit M. Rummer comme si chapeau et gants étaient toujours sur la table et non sous son nez.

– Le... l'article un, monsieur ?

– Oui, monsieur Owen. Il précise que vous devez envoyer les enfants à l'école avec du linge propre.

Il fit une pause et regarda sévèrement les deux va-nu-pieds assis sur le lit.

– Du linge propre, monsieur Owen.

– Du... du linge propre ? bredouilla M. Owen en contemplant ses chérubins déguenillés avec une consternation aussi soudaine qu'accablée.

Jeune Nick regarda Jubilé, Jubilé regarda Jeune Nick, et ils se demandèrent si leur royaume allait s'effondrer faute d'une chemise et d'une blouse.

Mais il n'en était rien, évidemment. Ce n'était qu'un échantillon des méthodes pédagogiques de M. Rummer, consistant à assaisonner les bonnes nouvelles d'un soupçon d'angoisse.

– Mais peu importe, dit-il lorsque cette angoisse eut atteint un niveau à sa convenance. Madame Rummer, dans sa grande sagesse, avait prévu que ce détail risquait de soulever quelques difficultés. Aussi vous a-t-elle envoyé une chemise pour le garçon et une blouse pour la fille !

Il déboutonna sa redingote et en tira un paquet enveloppé de papier brun, qu'il remit à M. Owen. Pour une fois, Vieux-Perroquet en resta coi. Ses yeux s'embuèrent de larmes dues autant au whisky qu'à la reconnaissance. Il voulut remercier M. Rummer, mais M. Rummer ne voulait pas de remerciements.

– Alors un petit rafraîchissement, monsieur ?

Mais M. Rummer ne voulait pas non plus de rafraîchissement. Ce qu'il voulait, c'était son chapeau. M. Owen le lui donna.

– Et mes gants ?

M. Owen les extirpa de sa poche avec l'air de ne pas comprendre comment ils avaient pu arriver là, ce qui était probablement vrai, le chapardage étant, chez Vieux-Perroquet, une seconde nature aussi machinale que la respiration. En les sortant gauchement, il en fit tomber un sur le tapis. M. Rummer se baissa pour le ramasser et s'immobilisa, à demi accroupi.

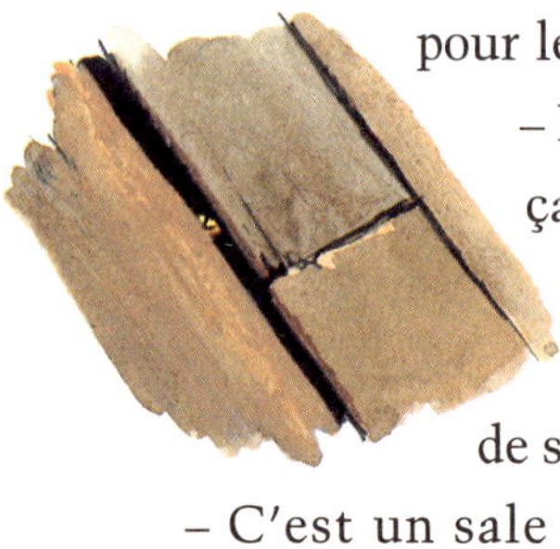

– Il y a quelque chose qui gratte, dit-il en fronçant les sourcils.

– Jubilé ! s'écria M. Owen avec un regard terrible. Toujours à se gratter ! Elle tient ça de sa mère, Dieu ait son âme !

– C'est un sale mensonge ! protesta Jubilé en trépignant d'indignation. C'était pas moi !

CHAPITRE HUIT

– Le bruit vient de sous le plancher, dit M. Rummer en tendant l'oreille vers le tapis.

Il avait raison. Des échos de grattements frénétiques, bien pires que ceux de Jubilé, sortaient de sous le tapis. Vieux-Perroquet devint plus vert qu'une laitue.

– Ça doit venir de l'étage au-dessous, suggéra-t-il faiblement.

M. Rummer lui lança un vrai regard d'instituteur, un regard qui signifiait : « Je sais que vous manigancez quelque chose de louche, mon garçon, et je vais découvrir ce que c'est ! » Et en moins de temps qu'il n'en faut pour l'écrire, il avait repoussé le tapis et s'était mis à quatre pattes.

– Vite, mon ami ! cria-t-il. Donnez-moi un outil quelconque pour soulever l'une de ces lattes ! Ah, inutile ! Ceci fera l'affaire !

Il s'empara du couperet posé dans la cheminée et introduisit la lame dans une fente du plancher.

– Voilà... ça y est !

La planche de bois se souleva.

– Doux Jésus ! s'exclama avec effroi M. Rummer en se relevant d'un bond.

Il n'était que temps. On entendit une sorte de sifflement, suivi d'un cri strident, et le mystérieux gratteur jaillit du trou.

CHAPITRE HUIT

Pour être pressé, il était pressé ! Dans un éclair d'yeux jaunes, il disparut sous le lit comme une bouffée de fumée tigrée. C'était le chat !

– Minou... minou ! susurra Jubilé en tendant la main et en balayant le plancher avec ses cheveux. Minou... minou !

Mais personne d'autre ne s'en soucia : il y avait des choses plus intéressantes à regarder...

Il n'y avait pas que le chat, sous le plancher. Il y avait également un tas de papiers froissés, lacérés de coups de griffe, et au beau milieu, pointant le bout de leur nez et clignant de l'œil comme des bambins d'or et d'argent jouant à cache-cache, tous les trésors de Vieux-Perroquet !

Il y avait des montres, des chaînes, des cuillers, des couteaux de poche, des marteaux de porte en cuivre et tous les objets brillants qu'il avait pu chaparder entre Cardiff et Saint James Park !

Lorsque Jeune Nick et Jubilé étaient descendus au rez-de-chaussée, il les avait enveloppés dans les avis de récompense et cachés en lieu sûr. Seulement, le chat avait déjoué ses plans. Ce monstre de fourberie avait dû profiter de ce qu'il avait le dos tourné pour se glisser dans le trou, et il l'avait séquestré sans s'en douter !

– Un... un petit pécule, monsieur, rien de plus, bredouilla désespérément Vieux-Perroquet tandis que M. Rummer contemplait sévèrement sa cachette. Je... je l'avais mis de côté pour... pour mes chérubins. Cela appartenait à leur mère, que Dieu ait son âme !

M. Rummer garda le silence, mais on voyait bien qu'il n'en pensait pas moins. Il regarda fixement M. Owen, qui parut se ratatiner en un petit tas tout fripé de peau et de transpiration, il regarda Jeune Nick et Jubilé qui essayait toujours de persuader le chat de sortir de sous le lit, il regarda la petite chambre et les deux sacs de copeaux, sur le plancher, et il secoua la tête en soupirant. Puis, toujours sans un mot, il remit la latte de bois en place et la recouvrit avec le tapis. Vieux-Perroquet ouvrait des yeux ronds...

– Eh bien, monsieur Owen, dit finalement M. Rummer en s'époussetant les genoux et en boutonnant sa redingote, je ne vois pas pourquoi je vous dérangerais plus longtemps. Vous avez les statuts et règlements, vous savez donc ce qu'il vous reste à faire. Il y a néanmoins un point sur lequel je dois attirer votre attention. Au cas où vous ne conduiriez pas personnellement les enfants à l'Institution chaque matin à sept heures, je me verrais dans l'obligation d'envoyer la police s'assurer qu'il ne leur est rien arrivé de fâcheux.

Il regarda le tapis d'un air entendu en souriant du bout des lèvres, et M. Owen frissonna.

– Je pense que nous nous comprenons, dit-il.

Vieux-Perroquet hocha la tête. Pour comprendre, il comprenait. Ou bien il restait papa jusqu'à la fin de ses jours, ou bien il avait affaire aux mouches bleues !

– Alors, à demain matin, dit M. Rummer en enfilant ses gants et en ouvrant la porte. La ponctualité ne devrait pas vous poser de problème, murmura-t-il avec un nouveau regard en direction du tapis, car vous êtes abondamment pourvu de mécanismes d'horlogerie !

Après le départ de M. Rummer, Vieux-Perroquet se précipita sur l'étagère et, pour surmonter sa frayeur, s'administra une nouvelle dose de vulnéraire des Écossais. Puis il expédia Jeune Nick et Jubilé au rez-de-chaussée demander à Mme Smudgeon d'avoir l'obligeance de prolonger le prêt de ses sacs de copeaux d'un jour ou deux.

– Après tout, dit-il avec un sourire mélancolique, nous ne pouvons pas laisser les chérubins de monsieur Owen dormir à même le plancher !

Dans l'impasse de l'Oignon la nuit fut chaude, malodorante et terriblement confinée. Une nuit pleine de soupirs et de plaintes, de cris et de soudaines vociférations, coupés de

brusques rafales de sanglots. Dans l'impasse de l'Oignon, il n'y avait pas de chouettes ululantes, pas de chauves-souris fantomatiques, pas de bruissements mystérieux ni d'insectes stridulants, comme dans la niche de lierre et d'aubépine de Saint James Park, mais Jeune Nick se retrouva quand même tout seul, les yeux ouverts dans l'obscurité, à se tourmenter pour le mariage de sa sœur. Jubilé, roulée en boule sur son tas de copeaux, dormait profondément en faisant ses rêves idiots, tandis que Vieux-Perroquet ronflait comme un sonneur dans son lit, près de la cheminée.

L'horloge de Sainte-Margaret avait sonné minuit depuis longtemps, et une lune voilée regardait par les vitres sales de la fenêtre comme une pâle vieille dame en gants blancs. Jeune Nick observa prudemment le tapis et s'interrogea sur les trésors qu'il recouvrait. Quelque part là-dedans se trouvait la montre en or avec un diamant sur le boîtier. Cinquante livres de récompense.

CHAPITRE HUIT

Il soupira. Avec cinquante livres et ses boucles d'oreilles, Jubilé trouverait un mari n'importe où. Elle n'aurait plus besoin d'aller à l'école, ils pourraient donc quitter l'impasse de l'Oignon et regagner leur demeure de lierre et d'aubépine, dans le parc. Jeune Nick n'aimait pas l'impasse. Il n'aimait pas ses nuits bruyantes. Et, surtout, il n'aimait pas que ce gringalet de Vieux-Perroquet soit leur papa.

– Notre papa, confia-t-il à son sac dur et bosselé, c'était un colosse : il était grand comme une église !

Il s'endormit et rêva qu'il était au rez-de-chaussée, en grande conversation, à travers la couverture, avec monsieur D, qui avait vécu à Kilkenny à l'époque du colosse et qui l'avait vu de ses propres yeux. « Grand comme une église, dites-vous ? » murmurait monsieur D. « Eh bien, il était si grand que... » Mais sa voix était si douce et il parlait si bas que Jeune Nick n'entendait pas bien ce qu'il disait. Désespérément, il essaya d'écarter la couverture. Il tira dessus, il se débattit... et il se réveilla !

Il ouvrit les yeux... et se trouva nez à nez avec M. Owen! Vieux-Perroquet était penché sur ses chérubins et les observait avec ses yeux globuleux. Et, à la main, il tenait le couperet !

– Qu'est-ce... qu'est-ce que vous voulez? chuchota Jeune Nick.

– Tu faisais un cauchemar.

– Pour... pourquoi vous avez ce truc-là ? demanda Jeune Nick en regardant fixement le couperet.

– Ça ne te regarde pas.

CHAPITRE HUIT

La pièce était très obscure, la pâle vieille dame étant partie depuis longtemps. Malgré cela, Jeune Nick distinguait suffisamment la cheminée pour voir que le tapis n'était plus devant. C'était donc cela ! Vieux-Perroquet avait déménagé son trésor. Il n'avait pas plus confiance en Jeunc Nick que Jeune Nick n'avait confiance en lui.

– Futé, murmura M. Owen en voyant de quel côté se tournaient les yeux de Jeune Nick. Malin comme un singe !

Il s'apprêtait à remonter dans son lit quand Jubilé remua et se réveilla.

Elle aperçut Vieux-Perroquet et sourit d'un air somnolent.

– Chantez-nous une chanson, monsieur Owen, implora-t-elle. Notre papa !

Il s'arrêta. Puis il poussa un soupir et vint s'asseoir dans le noir, à côté de ses chérubins. La nuit était toujours bruyante. Dans l'impasse, les gémissements, les plaintes et les cris ne cessaient jamais.

– S'il vous plaît ! insista Jubilé.

Vieux-Perroquet soupira une deuxième fois, puis, très doucement, se mit à chanter :

– Profond est le silence qui nous entoure

D'un bout à l'autre de la nuit...

Les yeux de Jubilé brillaient comme des étoiles, et Jeune Nick lui-même fut forcé de reconnaître que Vieux-Perroquet, même s'il était maigre comme un cent de clous, avait une bien jolie voix.

– *Obscur est le sentier que nous suivons.*

D'un bout à l'autre de la nuit...

Sa voix s'enfla, emplit la petite chambre et sortit par la fenêtre.

– *Pourtant le jour qui vient se devine.*

A l'espoir qui naît dans nos poitrines...

Peu à peu, les plaintes et les gémissements cessèrent, les cris et les sanglots se turent, et toute l'impasse de l'Oignon écouta la chanson de Vieux-Perroquet.

– *Et c'est vers l'aube que se tournent nos pas.*

D'un bout à l'autre de la nuit.

Il se tut, et dans l'impasse de l'Oignon régnaient le silence et la paix.

– Notre papa ! murmura Jubilé extasiée.

Et puis ses étoiles s'éteignirent, et elle s'endormit.

SEPT HEURES, AVAIT BIEN SPÉCIFIÉ M. RUMMER. SINON, LES MOUCHES BLEUES.

– SEIGNEUR TOUT-PUISSANT ! S'EXCLAMA Mme Rummer en se penchant à sa fenêtre et en découvrant M. Owen et sa progéniture assis sur les marches de l'école, avec du linge propre. Vous avez perdu la tête ? Il n'est que six heures et quart !

Trente secondes plus tard, elle était dans la rue, le crâne hérissé de papillotes et les traits convulsés de fureur.

– Chère madame... commença M. Owen en se découvrant et en s'inclinant pendant que Mme Rummer escaladait le perron comme une tornade.

– Déguerpissez ! ordonna-t-elle. Je me charge des enfants !

– Chère madame...

– Qu'est-ce que vous attendez ? Ah ! je suppose que vous voudriez voir vos... vos chérubins parés de leurs belles plumes neuves, c'est cela ?

CHAPITRE NEUF

– Chère madame...

– Eh bien, ils seront exactement comme lui ! dit-elle en montrant le garçon en bois peint, au-dessus de la porte. Si ce n'est qu'ils seront moins sages ! Et moins propres ! Et qu'ils auront l'air moins respectables, malheureusement ! Et maintenant, allez-vous-en, mon ami !

Vieux-Perroquet soupira, remit son chapeau et, avec un regard lugubre pour Jeune Nick et Jubilé, descendit les marches et s'éloigna en traînant les pieds. Mme Rummer, les poings sur les hanches, le regarda partir.

– Drôle de colosse ! murmura-t-elle. Enfin ! Il grandira peut-être ! Elle se tourna vers Jeune Nick et Jubilé, toujours assis sur les marches.

– Pourquoi faites-vous cette tête-là ? demanda-t-elle rageusement. C'est bien ce que vous vouliez, non ? Lire, écrire, cuisiner et coudre, apprendre la Bible et... et faire du fric ?

Jeune Nick garda le silence. Il n'était plus sûr de rien.

– Levez-vous quand on vous parle ! dit sèchement Mme Rummer. Et suivez-moi... tous les deux !

D'un index impérieux, elle leur fit signe de descendre les marches du perron, puis un autre escalier, sur le côté de la maison, qui menait à une cour en contrebas dans laquelle s'ouvrait une porte basse, voûtée, ressemblant à un portail de prison.

– Cette porte s'appelle l'Entrée des Pécheurs, dit-elle en introduisant une clef dans la serrure. C'est par là que passent les élèves. Tous les enfants sont des pécheurs avant d'avoir reçu une éducation. C'est à cela que servent les écoles !

Elle poussa la porte, et il en sortit une nauséabonde odeur de pieds mal lavés.

– Vous êtes désormais des écoliers !

Se tenant peureusement par la main, Jeune Nick et Jubilé firent leurs premiers pas dans l'étrange vie nouvelle qui s'ouvrait devant eux.

– Alors ? s'exclama M. Owen en accueillant chaleureusement Jeune Nick et Jubilé dans son logement, à la fin de la journée. Comment ça s'est passé ? Votre premier jour d'école !

– On a appris l'alphabet, marmonna Jeune Nick qui ne voulait pas avouer que cette journée avait été la plus horrible de toute son existence.

Une journée de détresse et de confusion, durant laquelle il avait été submergé par des avalanches de mots qu'il ne comprenait pas et poussé à bas de son banc par un voisin qui ne se faisait jamais réprimander. Une journée de solitude et de peur, vécue dans l'angoisse de sauvegarder ses oreilles qui, avait-il découvert, n'étaient pas destinées seulement à écouter, mais également à offrir, à la manière d'une poignée de tasse, une prise solide aux époux Rummer quand ils voulaient réveiller un élève. Les beaux vêtements neufs eux-mêmes n'avaient pas été tellement agréables : ils vous démangeaient comme s'ils étaient pleins de fourmis. Quant au bonnet de Jubilé, il la faisait ressembler à un de ces champignons qu'il ne faut pas manger.

Bref, cela avait été une mauvaise journée, et si Jubilé n'avait pas été assise à des kilomètres de là, à l'autre bout de l'immense salle de classe, au milieu d'une vingtaine de grandes filles dégingandées et ricanantes, ils auraient décampé tous les deux et regagné leur demeure de lierre et d'aubépine. Ils y avaient toujours été affamés et souvent trempés et gelés, d'accord, mais là, au moins, ils étaient leurs propres maîtres. Tandis que maintenant ils appartenaient aux Rummer et à l'institution de l'Habit Bleu, comme des sacs de pommes de terre ou de charbon ! Au choix, il préférait les perce-oreilles et les cloportes !

– On a chanté ! dit Jubilé, oubliant qu'elle avait pleuré toutes les larmes de son corps chaque fois qu'elle allait au petit coin, en gambadant dans la chambre de Vieux-Perroquet, joyeuse comme une puce. Et à l'heure du déjeuner, on a mangé un pâté avec Smudgeon au coin de Horseferry Road !

– On nous a raconté une histoire, dit Jeune Nick.

– A nous aussi! dit Jubilé. Une vraie histoire tirée d'un livre !

– On a additionné et soustrait, dit Jeune Nick. De l'argent et d'autres trucs !

– On a fait de la couture, dit Jubilé en suçant ses doigts transformés en pelotes à épingles. Regardez ce que j'ai cousu !

Elle plongea la main dans sa blouse et en sortit un petit carré de tissu blanc, ourlé à grands points aussi noirs et aussi zigzagants que des pattes d'araignée, et constellé de gouttelettes de sang.

CHAPITRE NEUF

– C'est un mouchoir ! annonça-t-elle fièrement. Je l'ai fait pour vous, monsieur Owen notre papa !

Vieux-Perroquet regarda l'objet et battit des paupières. C'était la seule chose à faire, le mouchoir étant trop exigu pour moucher le nez d'un papillon et encore moins son énorme bec.

– Eh bien, ça, alors... hum !... par exemple ! marmonna-t-il en hochant la tête avec ébahissement. Hum !... c'est vraiment formidable !

Il prit l'objet et le glissa dans sa manche, puis, avec un nouveau hochement de tête, pria Jeune Nick et Jubilé de descendre chez Mme Smudgeon et de lui dire que M. Owen lui présentait ses compliments, et aurait-elle la bonté de lui prêter une paire d'assiettes ?

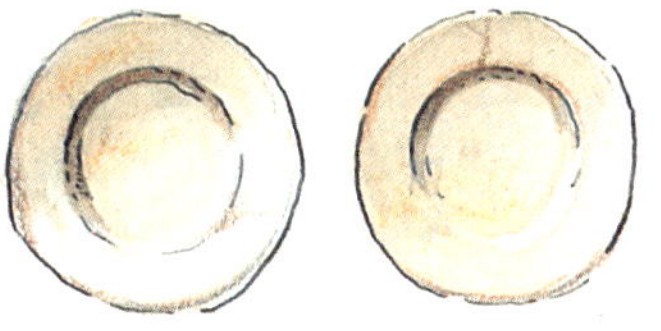

– Après tout, dit-il, nous ne pouvons pas laisser les chérubins de monsieur Owen manger à même le sol !

– On n'est pas ses chérubins! marmonna Jeune Nick pendant qu'ils descendaient l'escalier.

Jubilé renifla.

– Il n'a même pas dit qu'il lui plaisait, dit-elle. Le mouchoir que je lui ai fait !

– Notre vrai papa l'aurait dit, lui! C'était un type formidable, un colosse... dit Jeune Nick.

Pour une fois, Jubilé ne le traita pas de menteur.

Mme Smudgeon était toute seule avec Parlement. Le papa de Smudgeon était encore en ville, à vendre du bois de chauffage, et Smudgeon lui-même, expliqua sa maman en tapotant avec coquetterie ses mèches folles, était allé au pub acheter pour un penny d'oignons au vinaigre et de fromage de chester pour le souper.

– Cette fois, ce sont donc des assiettes qu'il veut emprunter ! soupira Mme Smudgeon lorsque Jeune Nick lui eut fait la commission. Sans vouloir l'offenser, si jamais votre monsieur Owen décidait un jour de rendre tout ce qui ne lui appartient pas, le peu qui resterait de lui ne vaudrait même pas la peine d'être enterré ! Allez ! Tenez-moi Parly un moment, ma chère, dit-elle en déposant le bébé dans les bras que lui tendait avidement Jubilé. Et, hochant la tête avec lassitude, elle partit voir ce qu'elle pouvait trouver dans la cuisine.

Jubilé s'assit sur une chaise et essaya d'empêcher Parlement de pleurer en lui chantant l'une des chansons qu'elle avait apprises à l'école, mais il fallait reconnaître qu'elle s'en tirait moins bien que Vieux-Perroquet : Parlement demeura aussi humide qu'un mois de février.

Jeune Nick s'était approché sur la pointe des pieds de la couverture pendante. Son cœur battait la chamade.

– Monsieur D ! chuchota-t-il.

Instantanément, un visage hérissé d'une barbe de trois jours surgit au bord de la couverture avec un regard alarmé. C'était M. O'Grady.

– Qui le demande ?

– Moi, monsieur O'Grady... le garçon de Kilkenny !

CHAPITRE NEUF

M. O'Grady se frotta les yeux.

– Çà, alors! Ma parole, ce sont bien eux ! Doux Jésus, mais quelle ravissante musique ! dit-il en parlant de la chanson de Jubilé. Est-ce qu'elle connaît *Dans notre belle ville de Dublin ?*

Jeune Nick secoua la tête. Il avait des préoccupations plus importantes.

– Avez-vous... avez-vous interrogé monsieur D au sujet de notre papa ?

M. O'Grady ouvrit de grands yeux, puis se frappa le front du plat de la main.

– Mais oui, bien sûr ! Le colosse, grand comme une église !

– C'est ça ! Vous avez demandé à monsieur D ?

– Doux Jésus ! J'ai complètement oublié !

– Vous pourriez lui demander maintenant ?

– Il est sorti. Il n'y a pas cinq minutes. Mais je vais vous dire ce que je vais faire : un nœud au pan de ma chemise, pour être sûr de m'en souvenir. Kilkenny. Un colosse. Grand comme une église !

Mme Smudgeon revint avant que Jeune Nick ait eu le temps de s'assurer que M. O'Grady avait bien fait le nœud avant de disparaître derrière la couverture aussi vite que s'il n'avait pas payé son loyer.

– Deux assiettes, dit Mme Smudgeon en les remettant à Jeune Nick et en retirant Parlement des bras de Jubilé. Avec mes compliments à monsieur Owen, qui nous rendrait bien service s'il pouvait nous prêter le couperet qu'il a emprunté à monsieur Smudgeon en janvier dernier.

Ils remontèrent à l'étage. A leur grande surprise, Vieux-Perroquet était sorti. Pour la première fois, ils étaient seuls dans la chambre, et quelque part sous le plancher se trouvait la montre en or avec un diamant sur le boîtier. Jeune Nick ne perdit pas une seconde. En deux temps et trois mouvements, il fut à quatre pattes, soulevant les lattes de bois avec le couperet de M. Smudgeon. La perspective de tout ce qu'il pourrait faire avec cinquante livres l'éblouissait. Plus d'école... plus d'impasse de l'Oignon... et plus de Vieux-Perroquet qui avait brisé le stupide petit cœur de Jubilé.

Il n'y avait rien sous la planche. Cette fine mouche de Vieux-Perroquet avait enfoui son trésor plus profondément que Jeune Nick ne l'avait prévu. D'autres planches furent soulevées, avec force grincements et grognements, et la tête et les bras de Jeune Nick s'enfoncèrent plus loin dans les ténèbres poussiéreuses. Il s'acharnait comme un fox-terrier après un rat lorsque Jubilé hurla, terrorisée :

CHAPITRE NEUF

– Le voilà, il arrive !

Jeune Nick se cogna la tête et jura. Puis, agile comme un criquet, il sautilla de droite et de gauche en renfonçant les lattes du plancher à coups de talon. Il venait de terminer lorsqu'un fracas épouvantable retentit dans l'escalier. On aurait cru qu'un arbre s'abattait. Peu après, la porte s'ouvrit à la volée et M. Owen entra en titubant.

Il n'était pas seul. Smudgeon se tenait tout contre lui, essayant de le soutenir. Quel spectacle ! Vieux-Perroquet tenait le mouchoir de Jubilé pressé contre son nez qui ruisselait de sang !

– Ça va aller, ça va aller ! gémit-il pendant que Smudgeon l'aidait à s'étendre sur son lit.

Jeune Nick avait eu tort de se tracasser pour le plancher : si le toit s'était envolé, Vieux-Perroquet ne s'en serait pas aperçu.

– Plein comme un œuf! murmura Jeune Nick écœuré, tandis que de grosses larmes coulaient sur les joues de Jubilé contemplant les ruines de son chef-d'œuvre, le premier ouvrage qui soit jamais sorti de ses mains.

– Non, il n'est pas ivre, dit Smudgeon. Il n'a pas bu une goutte d'alcool. J'étais au pub ; j'ai tout vu.

CHAPITRE NEUF

– Qu'est-ce qui s'est passé ?

– Il était venu faire admirer à tout le monde le joli mouchoir que sa fille avait fait spécialement pour lui, de ses propres mains, et une espèce de gros malabar a ri en disant qu'à le voir, on pouvait plutôt croire qu'elle l'avait fait avec ses pieds. Alors monsieur Owen lui a dit qu'il avait besoin de se débarbouiller les yeux, et il lui a lancé une demi-pinte de bière à la figure. C'est là qu'il a récolté un coup de poing sur le nez. Mais ça ne l'a pas arrêté. Il s'est jeté sur le gros malabar, et, si je ne l'avais pas traîné dehors, il se serait fait tuer. Jamais j'aurais cru qu'il était aussi coléreux. Si vous l'aviez vu ! Il était fou de rage à cause de ce mouchoir !

Le visage de Jubilé était devenu aussi lumineux que le soleil après la pluie.

– Alors, en fin de compte, il lui a plu ! s'écria-t-elle joyeusement, tandis que Vieux-Perroquet gémissait sur son lit. Il lui a plu mon mouchoir, il lui a plu, il lui a plu !

Elle battit des mains avec délices et s'exclama :

– Notre papa !

SMUDGEON RACONTA L'AFFAIRE À TOUT LE MONDE. LA BAGARRE DANS LE PUB DEVINT CÉLÈBRE. M. RUMMER LUI-MÊME, QUI NE TOLÉRAIT PAS qu'on se batte et vous arrachait à moitié l'oreille s'il vous y prenait, sourit et déclara que c'était une chance que Jubilé n'ait pas fait une chemise pour M. Owen s'il réagissait de cette façon-là pour un simple mouchoir ! Il ajouta que, d'après ce qu'il avait entendu dire sur la taille de l'adversaire de M. Owen, cela avait dû ressembler au combat de David et Goliath, et il lut tout haut le passage de la Bible. Mais la comparaison n'était pas tout à fait exacte parce que, dans cette histoire, ce n'était pas le petit qui s'était fait assommer et qu'on avait dû sortir du pub avec un nez comme une citrouille qui avait mis plus d'une semaine à dégonfler !

Jeune Nick était ulcéré, mais M. Owen, lui, quand il apprit que les gens admiraient son courage, fut bouffi de vanité, encore plus que son nez.

CHAPITRE DIX

Il sortit et alla s'acheter un chapeau neuf, deux chaises, une théière et un tas de vêtements pour ses chérubins. Il y avait des chemises et des blouses, des souliers et des bas, une robe jaune pour Jubilé et un gilet de velours cramoisi dans lequel, il fallait le reconnaître, Jeune Nick était pimpant comme un rouge-gorge.

– De la dignité, dit M. Owen en étudiant l'effet de son chapeau neuf dans un miroir emprunté à Mme Smudgeon. On ne pouvait pas laisser les Owen, même les plus jeunes, sortir en haillons !

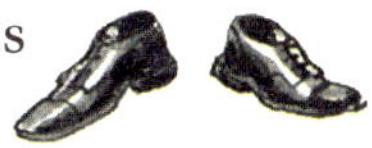

– On n'est pas des Owen ! grommela Jeune Nick.

– *Nous !* cria Jubilé. D'après madame Rummer, il faut dire « nous », pas « on » !

Jeune Nick serra les poings mais garda son calme bien que, dans son cœur, la tempête fît rage. Il songea au nœud dans le pan de la chemise de M. O'Grady, qui était censé rappeler à ce gentleman mal rasé qu'il devait interroger son ami, monsieur D. A plusieurs reprises, il était descendu emprunter une chose ou une autre pour M. Owen, mais, chaque fois, les Smudgeon étaient chez eux, et M. O'Grady ne se montrait jamais quand il y avait des Smudgeon à l'horizon.

A l'heure du déjeuner, quand il ne pleuvait pas, Jeune Nick et Jubilé retournaient le plus souvent à Saint James Park. Vieux-Perroquet leur donnait de quoi se payer une demi-pinte de lait et une tranche de pâté, si bien qu'ils n'avaient plus besoin de chaparder quoi que ce soit.

Néanmoins, la gardeuse de vaches avait commencé par les regarder de travers. Elle avait retiré ses doigts de son nez et s'était gratté le crâne comme si, quelque part sous les respectables habits bleus, les élégantes coiffures et les coquets bas jaunes, elle reconnaissait quelque chose de louche et de rusé qu'elle avait déjà vu quelque part.

– Est-ce que je ne... ? avait-elle murmuré. Vous ne seriez pas... ? Non, c'est impossible ! Les deux autres étaient pires que des animaux !

Et elle avait secoué la tête, pris l'argent et rempli les tasses.

Les feuilles commençaient à changer de couleur, et Jeune Nick et Jubilé en faisaient autant. Leur teint hâlé s'éclaircissait, et l'aspect piquant et pointu qu'ils devaient à la cohabitation avec des brindilles et des épines s'estompait.

– Il n'y a plus de papillons ! soupira Jubilé en jetant un coup d'œil dans leur ancien refuge de lierre et d'aubépine.

– Fait trop froid pour eux, dit Jeune Nick. L'été est fini.

– Mais elle est toujours là, dit Jubilé en montrant une araignée aux yeux perçants tapie dans une toile en lambeaux. Tu te rappelles le jour où cette autre araignée est venue lui faire la cour et lui a apporté une mouche tout entortillée de fils brillants ?

Jeune Nick hocha la tête.

– Chez nous, c'est le contraire, dit-il d'un air sombre. Si je veux arriver à te marier, c'est nous qui devrons offrir le cadeau brillant.

Ce soir-là, il y eut des côtelettes de mouton pour le souper, accompagnées, pour Jeune Nick et Jubilé, de thé préparé dans la théière neuve et de près d'une demi-bouteille de vulnéraire des Écossais pour Vieux-Perroquet. Il en avait besoin, expliqua-t-il, pour combattre la fraîcheur nocturne, car il devait se rendre dans le parc afin de rencontrer quelqu'un pour affaires.

– Si vous êtes encore éveillés quand je rentrerai, dit-il en tirant sur sa veste, je vous chanterai une chanson !

Et il fit semblant de jouer un air de pipeau en agitant dans le vide les longs doigts osseux qui sortaient de ses manches.

– Je les connais, ses affaires, dit Jeune Nick lorsque M. Owen eut quitté la chambre et descendu l'escalier en trébuchant à chaque marche. Il va faucher des montres !

– Voler ! cria Jubilé. D'après madame Rummer, il ne faut pas dire « faucher » !

Jeune Nick lui lança un regard noir. L'instruction ne faisait aucun bien à Jubilé. Si on additionnait tous ses atouts et qu'on soustrayait du total, comme une somme d'argent, ce qui lui venait de Vieux-Perroquet, qu'est-ce qui restait ? Des yeux verts, une voix de crécelle et un peu d'or dans les oreilles. Exactement comme avant.

CHAPITRE  DIX

– Va faire le guet à la fenêtre, lui dit-il.

Et il se remit à la recherche du trésor de Vieux-Perroquet. Pour marier Jubilé, cinquante livres seraient infiniment plus utiles que d'apprendre à parler comme il faut.

M. Owen était sorti à neuf heures. A deux heures du matin, d'après l'horloge de Sainte-Margaret, il n'était toujours pas rentré. Jeune Nick l'attendait anxieusement, l'oreille tendue et les yeux fixés sur la porte. Il n'avait rien trouvé, pas même une petite cuiller, et encore moins la montre en or. Aussi restait-il éveillé pour épier Vieux-Perroquet et découvrir l'emplacement de sa nouvelle cachette.

– Une chanson... chantez-nous une chanson... soupira Jubilé dans son sommeil.

– Chut !

Jubilé se réveilla.

– Où est notre papa ?

– Pas encore rentré. Et c'est pas notre papa !

– Ce n'est pas ! Il ne faut pas dire « c'est pas » ! Quelle heure est-il ?

– Deux heures du matin. Dors.

– Il lui est arrivé quelque chose !

– Il cuve son whisky dans un coin, probablement.

– Les mouches bleues l'ont arrêté !

– On le saurait.

– Il s'est fait assommer dans le parc !

Jeune Nick réfléchit.

CHAPITRE DIX

– Viens ! murmura-t-il. On va aller jeter un coup d'œil !

Même un chien blessé, il ne l'aurait pas laissé passer toute la nuit sans soins dans le parc.

Deux petites silhouettes aux joues pâles se levèrent de leurs sacs de copeaux et enfilèrent leurs vêtements. Cela les changeait du bon vieux temps où on ne se déshabillait jamais, ce qui évitait d'avoir à se rhabiller. Silencieux comme des papillons de nuit, ils sortirent de la chambre, descendirent l'escalier et sortirent de la maison.

Il n'y avait pas de lune, seulement une maigre poussière d'étoiles. La Cour du Diable était noire comme un four.

– Monsieur Owen ! Monsieur Owen! chuchotèrent-ils dans chaque recoin, dans chaque trou.

Ils fouillèrent tous les tas d'ordures pour s'assurer qu'il n'était pas dessous.

– Monsieur Owen ! Monsieur Owen !

– Il est mort ! gémit Jubilé.

CHAPITRE DIX

– Pas lui ! murmura Jeune Nick en serrant plus fort la main de sa sœur. Pas Vieux-Perroquet !

Mais il n'en sentit pas moins un frisson glacé lui serrer le cœur.

Le parc était obscur et silencieux, et Jeune Nick et Jubilé se faufilèrent dans les ténèbres en tremblant, tels deux petits renards curieusement affublés d'une scintillante robe jaune et d'un gilet de velours cramoisi aux boutons étincelants.

Jamais ils n'avaient eu aussi peur. Chaque arbre était un gigantesque policeman, chaque buisson un assassin à l'affût, chaque flaque d'ombre un cadavre gisant dans l'herbe.

– Monsieur Owen ! Monsieur Owen !

Un énorme papillon de nuit s'empêtra dans la tignasse hirsute de Jubilé, qui poussa un cri perçant.

– Chut !

– Je n'ai pas pu m'en empêcher...

– Écoute !

On entendait quelque part des sons argentins.

– Une souris qui s'est fait prendre par une chouette, probablement.

– Les souris ne jouent pas un air ! Écoute !

C'était un pipeau, un pipeau en fer-blanc !

– Monsieur Owen! Monsieur Owen !

– Profond est le silence qui nous entoure... modula doucement le pipeau.

CHAPITRE DIX

– D'un bout à l'autre de la nuit! répondit Jubilé folle de joie.

– Obscur est le sentier que nous suivons... gémit le pipeau.

Le son venait d'ici, il venait de là, il venait de partout !

– D'un bout à l'autre de la nuit...

Cela sortait d'un bouquet d'arbres, au bord du lac !

– Pourtant le jour qui vient se devine... soupira le pipeau comme si c'était son dernier souffle, pendant que Jeune Nick et Jubilé se frayaient fébrilement un chemin parmi les troncs noueux.

– A l'espoir qui naît dans nos poitrines... implora Jubilé au pipeau invisible.

– D'un bout à l'autre de la nuit ! répondit enfin une voix enrouée par la peur et le froid. Je suis là, mes chérubins, dans l'arbre !

Ils levèrent les yeux. Au-dessus de leurs têtes, une masse sombre se cramponnait aux branches d'un gros chêne, surmon-

tée d'un visage blafard qui luisait faiblement dans la nuit, comme une lune tombée du ciel. Une main s'agita mollement, on entendit un craquement, un grognement, un bruit de déchirure, et M. Owen tomba de l'arbre comme un fruit blet détaché par le vent.

– Notre papa ! s'écria Jubilé avec délices.

– Pourquoi n'êtes-vous pas rentré à la maison ? demanda Jeune Nick.

– Enfermé, marmonna Vieux-Perroquet. Toutes les grilles sont bouclées.

– Vous étiez allé voler, hein ? accusa Jeune Nick.

– Je... je...

– Les mouches bleues vous ont donné la chasse, hein ?

– Un singe, murmura M. Owen trop épuisé pour articuler « malin comme ».

– Ils vous ont obligé à vous réfugier dans cet arbre, hein ?

– Un renard...

– On a cru que vous aviez reçu un mauvais coup, dit Jubilé.

– Douce comme le miel, soupira M. Owen en cherchant son chapeau à tâtons.

– C'est pour ça qu'on est partis à votre recherche, dit Jeune Nick.

– Une fouine, dit M. Owen avec un sourire douloureux.

– J'ai froid, dit Jubilé. Rentrons à la maison.

– Mais les grilles...

Jeune Nick et Jubilé échangèrent un regard d'incompréhension.

– Les grilles, expliqua Jeune Nick comme s'il était M. Rummer s'adressant au moins doué de ses élèves, sont destinées exclusivement à ceux qui possèdent des clefs.

Ensemble, ils traversèrent le parc en direction de la partie sauvage.

– Qu'est-ce que vous avez récolté ? s'enquit Jeune Nick qui était curieux de nature.

M. Owen ne répondit pas, mais, à voir son expression, il n'avait manifestement rien récolté du tout.

– Il se débrouille mal, chuchota Jeune Nick à Jubilé pendant qu'ils se faufilaient par leur trou dans la clôture. Surtout après une demi-bouteille de son fameux vulnéraire des Écossais. Le colosse, lui...

– Le colosse, rétorqua Jubilé dont les yeux se mirent à briller lorsque Vieux-Perroquet parvint enfin à se glisser sous le treillage à la suite de ses chérubins, se serait fait pincer et emprisonner ! Il n'aurait jamais pu passer par ce trou comme notre papa !

LE LENDEMAIN SOIR, À L'HEURE DU SOUPER, IL N'Y AVAIT RIEN À SE METTRE SOUS LA DENT, PAS MÊME UN MORCEAU DE FROMAGE.

La caisse était vide. M. Owen, dans la pénombre de l'escalier, s'était laissé prendre au dépourvu par le propriétaire, et il avait dû lui payer le loyer. Ce qui l'avait complètement lessivé, selon ses propres termes. Et, comme il s'était foulé une cheville en tombant de l'arbre, il n'avait pas pu se livrer à ses activités habituelles qui exigeaient une certaine vélocité.

– Et tous les trucs qui étaient sous le plancher ? demanda Jeune Nick.

Il avait faim. Autrefois, quand ils n'avaient rien à manger, Jubilé et lui se roulaient en boule et dormaient. Mais maintenant, ce n'était plus pareil.

– Où sont passés les chaînes de montre, les cuillers d'argent et le reste ?

CHAPITRE ONZE

– Partis, répondit Vieux-Perroquet, et Jeune Nick fut consterné en pensant à la montre en or, sa meilleure chance de marier décemment Jubilé.

– Partis où ?

– Chez le... chez un monsieur de Pye Street.

– Pourquoi ?

– Pour l'argent, évidemment ! Ça ne pousse pas sur les arbres, répondit M. Owen en haussant les épaules. Avec quoi croyez-vous que j'ai payé vos déjeuners, vos chemises et vos blouses, votre jolie robe jaune et votre beau gilet de velours cramoisi ? D'où croyez-vous que sortent les sièges sur lesquels vous êtes assis et les couvertures qui vous tiennent chaud, maintenant que les nuits sont fraîches ? Hein ?

Il pencha sa tête de côté et dévisagea ses chérubins comme si tout était leur faute, en se gardant bien de faire la moindre allusion à son chapeau neuf et ses bottines à boutons qui n'avaient rien à voir avec Jeune Nick et Jubilé. Puis il poussa un gros soupir et déclara que la meilleure solution était qu'ils descendent au rez-de-chaussée présenter ses compliments à Mme Smudgeon et lui demander si elle aurait l'extrême obligeance de bien vouloir avancer à M. Owen

une demi-miche de pain et un morceau de saucisson ou de fromage.

Mais il n'y avait rien à attendre du rez-de-chaussée.

Mme Smudgeon était désolée, mais il lui était impossible de prêter ne fût-ce qu'une feuille de chou. Elle attendait de la compagnie pour le souper, expliqua-t-elle en tapotant coquettement ses cheveux, et toutes ses réserves étaient passées dans la marmite. Jeune Nick et Jubilé humèrent les savoureux effluves qui parfumaient la pièce et hochèrent tristement la tête. Mme Smudgeon haussa les épaules.

– Sans vouloir vous offenser, dit-elle en essuyant le nez de Parlement avec un torchon à vaisselle, votre monsieur Owen a beau s'appeler Noël de son prénom, il est moins généreux que le Père Noël. Où sont passées les assiettes qu'il m'a empruntées ?

Après quoi elle soupira et déclara que si Jeune Nick et Jubilé voulaient bien présenter ses compliments à M. Owen et lui demander d'avoir l'amabilité de lui restituer très provisoirement les assiettes et les chaises qu'elle lui avait prêtées, ses chérubins et lui-même seraient les bienvenus à la table familiale.

– Si je me permets de mentionner les chaises, dit-elle, c'est uniquement parce que monsieur Smudgeon a débité la dernière qui nous restait pas plus tard que ce matin. Le commerce du bois à brûler, expliqua-t-elle, a des effets dévastateurs sur l'ameublement du foyer. C'est plus fort que lui, il ne peut pas voir un meuble, même à l'église, sans dire : « En trois coups de scie, j'en tirerais deux margotins. » C'est un miracle que nous ayons encore une porte! Et n'oubliez pas ! cria-t-elle à Jeune Nick et à Jubilé qui partaient ventre à terre annoncer la bonne nouvelle. J'ai de la compagnie, alors j'ai besoin de ces assiettes !

Jeune Nick avait espéré que la compagnie en question comprendrait M. O'Grady et monsieur D, mais ceux-ci n'étant que de simples locataires, ils restèrent derrière leur couverture sans montrer le bout de leur nez, même après le repas.

La compagnie en question était un ami de M. Smudgeon, que Jeune Nick et Jubilé avaient souvent aperçu dans Chapel Street et dans le parc. C'était un aveugle qui jouait de la grosse caisse, du triangle, des clochettes, de la flûte, des cymbales, des cuillers et de la vielle dans les rues, et tout cela en même temps! Il portait ses divers instruments suspendus autour de lui, si bien qu'il n'y avait pas un seul endroit de sa personne qui ne fût musical. Tout le monde l'appelait Willy l'Anguille à cause des contorsions auxquelles il était obligé de se livrer pour jouer.

– C'est un don ! dit M. Smudgeon avec une admiration non contenue.

– Exactement, madame, répondit Willy l'Anguille qui était assis par terre, les jambes allongées et le dos appuyé sur sa grosse caisse, monstrueuse gibbosité fixée par des bretelles. Je ne le nierai pas.

– C'est d'un bon rapport ? demanda M. Smudgeon en prenant la vielle et en l'examinant. Vous savez que ça brûlerait bien, ce truc-là !

– Certains jours, j'arrive à me faire jusqu'à neuf ou dix shillings, dit Willy l'Anguille en récupérant sa vielle à tâtons avant que M. Smudgeon ne s'oublie et en fasse du petit bois. *Les Jacinthes de l'Écosse* rapportent toujours gros, ainsi, bien sûr, que *Foyer, mon doux foyer.*

– Ça, par exemple ! dit M. Owen. Vous me surprenez, monsieur ! Avec tous vos cuivres et vos percussions, j'aurais cru que vous interprétiez des airs plus entraînants, quelque chose comme *Les Hommes de Harlech !*

– C'est monsieur Owen, expliqua Mme Smudgeon lorsque Willy l'Anguille tourna ses orbites vides vers la nouvelle voix.

Elle était toujours très serviable avec l'aveugle, même quand il n'avait pas besoin d'aide.

– Il habite au-dessus, et ses enfants fréquentent l'institution de l'Habit Bleu, comme notre Smudgeon. Monsieur Owen est également un très bon musicien.

– Pas possible ! dit Willy l'Anguille, et il inclina la tête vers M. Owen en faisant tintinnabuler joyeusement les clochettes fixées à son drôle de petit chapeau en fer-blanc. C'est toujours un plaisir de rencontrer un collègue ! Accordéon, cornemuse ou orgue de Barbarie, peut-être ? L'orgue de Barbarie est d'un bon rapport à condition qu'on ait un singe. Ça laisse jusqu'à cinq shillings par jour, s'il ne pleut pas !

– *Vox humana*, monsieur, dit M. Owen. La voix humaine.

– Romances, bel canto ou chansons comiques, si je peux me permettre d'être indiscret ?

– Romances, monsieur.

– Ah! Les romances ont un bon rendement, surtout là où les gens boivent.

– Je ne me produis pas professionnellement, monsieur. Je chante pour le plaisir.

– Et avec beaucoup de talent, précisa Mme Smudgeon.

– Seriez-vous également dans le commerce du bois à brûler ? demanda Willy l'Anguille en déplaçant ses jambes, ce qui fit s'entrechoquer les cymbales fixées à l'intérieur de ses genoux. Comme notre ami monsieur Smudgeon ici présent ?

– Je suis... euh... dans les affaires, marmonna M. Owen en rougissant un peu. Mais j'envisage de laisser tomber. Il faut trop courir, si vous voyez ce que je veux dire.

– Dans ces conditions, pourquoi ne pas tâter un peu de la manche ? suggéra Willy l'Anguille. Chanter pour gagner votre souper, quoi? Je ne serais pas surpris qu'une bonne romance vous rapporte une paire de shillings par soirée. A condition, bien entendu, que vous ayez suffisamment de coffre !

– Oh, il en a, il en a ! s'écria Mme Smudgeon.

Et Jubilé mit son grain de sel en demandant :

– Chantez-nous une chanson, notre papa !

– Ah! On ne peut rien refuser aux dames, monsieur Owen !

dit Willy l'Anguille. Vous allez être obligé de leur chanter une chanson. Et comme c'est à la demande générale des dames, je vous accompagnerai !

– Merci... C'est très aimable à vous, mais...

– Tout ce que j'ai besoin de savoir, c'est si vous êtes ténor ou basse. Je ne me tracasse pas pour leurs histoires de voix de tête, de poitrine, de gorge ou de je ne sais quoi. Dites-moi seulement si vous êtes ténor ou basse !

– Ténor, monsieur. Ténor léger. Mais je peux descendre plus bas si cela vous convient mieux.

– Vous connaissez bien *Les Jacinthes de l'Écosse* ?

– Je serais plus à l'aise avec *Les Hommes de Harlech*, monsieur.

– Très belle chanson, mais pas vraiment une bonne gagneuse. Ce qui rapporte le plus, c'est ce qui fait battre le cœur et couler des larmes. Si je peux me permettre d'exprimer cela professionnellement, monsieur Owen, je dirais que quand l'argent sort des yeux, il sort aussi des poches. Si j'osais, je suggérerais volontiers *Foyer, mon doux foyer.*

M. Owen approuva. L'aveugle tendit les bras et, dans un grand tintement de clochettes, on le remit sur ses pieds.

– Faites-moi de la place ! cria-t-il en empoignant sa mailloche et son triangle. Empêchez-moi seulement de tomber dans la cheminée, c'est tout ce que je vous demande. En dehors de cela, faites-moi de la place ! Parce que, quand je joue, le diable s'empare de moi ! Vous êtes prêt, monsieur Owen ?

CHAPITRE ONZE

– Prêt, monsieur !

– Parfait ! Bon, alors je commence par trois coups de mailloche sur ma grosse caisse, ce que, en terme de métier, nous appelons « battre le rappel », et, ensuite, c'est chacun pour soi!

M. Owen gonfla ses poumons, tout le monde recula, Willy l'Anguille frappa trois coups, et c'était parti !

Ce fut un spectacle prodigieux ! Vieux-Perroquet, les pouces aux entournures de son gilet, décrivait à s'en faire éclater les poumons les plaisirs et les palais parmi lesquels il errait sans jamais découvrir un endroit valant son petit chez-lui, tandis que Willy l'Anguille se trémoussait, sautillait, bondissait comme une grosse sauterelle qui aurait eu un penchant pour la musique !

– C'est un don ! s'extasia Mme Smudgeon en soulevant Parlement de terre pour lui éviter de se faire écraser.

Et puis elle leva les yeux vers le plafond fissuré, elle regarda les murs crasseux, lézardés, et les visages rayonnants qui l'entouraient, minces et tendus comme des couteaux, et elle essuya une larme lorsque Vieux-Perroquet chanta, d'une voix douce et limpide :

– *Aussi humble soit-il, rien ne vaut son foyer !*

Et l'aveugle Willy l'Anguille tapa, souffla et tintinnabula joyeusement son approbation.

– Qu'est-ce que je vous disais ? demanda Willy l'Anguille lorsque la chanson, les « Bravo ! » et les « Magnifique ! » furent

terminés, qu'il eut serré la main de M. Owen et que tous les habitants de l'impasse de l'Oignon, qui s'étaient agglutinés devant la fenêtre, plus serrés que des abeilles, se furent dispersés. Ce n'est pas une bonne gagneuse ?

– Indiscutablement si, monsieur !

– Et maintenant, dites-moi la vérité. Avons-nous fait jaillir de l'argent des yeux, oui ou non ?

Monsieur Owen regarda autour de lui. Des larmes aussi brillantes que des pièces de six pence s'accrochaient aux cils de tous les Smudgeon.

– Oui, monsieur, nous en avons fait jaillir de l'argent !

– Seize shillings, voilà ce que ça aurait rapporté à Piccadilly, déclara Willy l'Anguille en hochant la tête. Peut-être même une livre si on avait enchaîné avec *Les Jacinthes* ! Soit huit shillings pour vous et douze pour moi, à cause de ma plus grande expérience et du rappel, évidemment. Réfléchissez-y, monsieur Owen ! Huit shillings en une seule journée !

M. Owen réfléchit.

– Votre ami musicien a un très bel organe, madame, dit Willy l'Anguille à Mme Smudgeon après l'avoir remerciée de son souper et avoir souhaité pouvoir lui revaloir cela par sa musique. Pour tout vous dire, quand il a annoncé que son instrument était la *vox humana,* j'ai eu des doutes, parce que j'ai toujours considéré que l'orgue de Barbarie était plus rentable.

– Ah ! un orgue de Barbarie, soupira M. Smudgeon. C'est ça qui ferait du bon bois à brûler !

– Mais je dois reconnaître que je ne m'attendais pas à cela, continua Willy l'Anguille pendant qu'on le reconduisait jusqu'à la porte. Si j'en juge par le volume et la puissance de sa *vox humana,* il doit avoir un coffre comme un tonneau ! Votre monsieur Owen est sûrement un colosse.

– Pas du tout ! Absolument pas ! s'écria Jeune Nick incapable de se contenir plus longtemps.

C'est un petit gringalet, à peine plus gros qu'une belette !

Mais il s'y prenait trop tard : personne ne l'entendit. Tout le monde était sorti, même Jubilé, la main dans la main avec Smudgeon, pour remettre l'aveugle sur le chemin de son domicile. Jeune Nick était tout seul dans la pièce, le cœur ulcéré par le souvenir du véritable colosse qu'il se rappelait avoir connu, il y avait bien longtemps de cela, à Kilkenny.

– Monsieur D ! Monsieur D ! chuchota-t-il en s'approchant à pas de loup de la couverture.

– Tiens, mais c'est mon petit ami du vieux pays ! dit la voix de M. O'Grady dont la tête ne tarda pas à apparaître au bord de la couverture.

– Est-ce que monsieur D est réveillé ?

– Vous ne croyez quand même pas qu'il pourrait dormir avec tout ce vacarme ?

– Alors...

– Évidemment qu'il serait réveillé... s'il était là ! Mais ce n'est pas le cas. Il est allé à Liverpool. Il est parti moins de cinq minutes avant votre arrivée, et il sera de retour dans deux jours.

– Vous... vous avez pensé à l'interroger sur... sur le colosse ?

M. O'Grady gratta son crâne hirsute.

– Je l'ai fait.

– Et qu'est-ce qu'il a répondu ?

– Eh bien, à vrai dire, j'ai des nouvelles pour vous, mais il y en a une bonne et une mauvaise. La bonne nouvelle, c'est qu'il croit se souvenir du colosse, bien qu'il ne puisse pas affirmer que sa taille était exactement celle d'une église.

– Et... et la mauvaise nouvelle ?

– Il n'arrive pas à se rappeler comment il s'appelait. Il a dit qu'il avait le nom sur le bout de la langue, mais qu'il ne parvenait pas à l'en décoller. Mais il ne faut pas vous inquiéter, a-t-il dit. Il a un ami, à Liverpool, qui a une mémoire d'éléphant ! Vous n'avez donc plus à vous tracasser, mon garçon. D'ici deux jours, monsieur D sera de retour avec le nom !

– Vous me le promettez ? demanda Jeune Nick.

Mais M. O'Grady, ayant entendu les Smudgeon revenir, avait disparu.

– Quelle merveilleuse soirée ! soupira Mme Smudgeon en berçant Parlement dans ses bras. Qui aurait pu prévoir que monsieur Willy et monsieur Owen interpréteraient une chanson ensemble, rien que pour nous !

– Ils peuvent être fiers de leur papa, dit M. Smudgeon avec un coup de menton en direction de Jeune Nick et de Jubilé, ces jeunes Owen !

– On n'est pas des Owen ! s'exclama Jeune Nick.

– Ah non ? Alors, qu'est-ce que vous êtes, si je ne suis pas indiscret ?

– Je vous dirai cela dans deux jours, murmura Jeune Nick.

Et tout le monde éclata de rire.

LE LENDEMAIN SOIR, À L'HEURE DU SOUPER, IL Y AVAIT DES CÔTELETTES DE MOUTON SUR LA TABLE. ET CE N'ÉTAIT PAS TOUT ! IL Y AVAIT AUSSI des pommes de terre bouillies, des oignons au vinaigre, un plat de chou et un morceau de fromage gros comme le chapeau de Vieux-Perroquet.

– Il a remis ça, chuchota Jeune Nick en s'empiffrant. La fauche dans le parc.

– Futé ! dit Vieux-Perroquet avec force clins d'œil et sourires entendus. Mais pas tout à fait assez futé !

En fin de compte, il ne s'était même pas approché du parc. Il avait retrouvé Willy l'Anguille et chanté à pleins poumons à Piccadilly et Leicester Square ! Il n'arrêtait pas de glousser et de se frotter les mains comme s'il avait accompli là un véritable exploit, et il fallait bien reconnaître que c'était effectivement le cas, car il n'était pas à la portée de tout un chacun de pousser la chansonnette, accompagné par un musicien professionnel, dans des hauts lieux tels que Piccadilly et Leicester Square !

– Qu'est-ce que vous avez chanté ? demanda Jubilé.

– Qu'est-ce que vous avez gagné ? demanda Jeune Nick.

– Nous avons interprété *Foyer, mon doux foyer* et *Les Jacinthes de l'Écosse,* parce que c'est ce qui rapporte le plus, puis nous avons enchaîné avec *Des coques et des moules,* et terminé par *Le Bosquet de frênes.*

– Et qu'est-ce que vous avez gagné ? répéta Jeune Nick.

– Il y avait douze shillings dans le chapeau, soit sept pour lui et cinq pour moi.

– Il avait dit que si vous chantiez *les Jacinthes* à Piccadilly, vous ramasseriez une livre !

– Et c'est ce que nous aurions récolté si les mouches bleues ne nous avaient pas obligés à déguerpir sous prétexte que nous perturbions la circulation !

– Ce que j'aurais aimé vous entendre! murmura Jubilé en reprenant du fromage. Chantez-nous quelque chose maintenant! Allez, notre papa !

Mais Vieux-Perroquet refusa. Sa voix était fatiguée, dit-il, et maintenant qu'elle était devenue un outil de travail, il devait en prendre soin.

– Alors, nous ne vous entendrons plus jamais chanter, notre papa ?

M. Owen réfléchit.

CHAPITRE DOUZE

– Je vais vous dire ce que je vais faire, finit-il par répondre. Je vais en toucher un mot à mon associé et lui demander s'il voit une objection à ce que les chérubins de monsieur Owen disposent de ce que nous appellerons, en termes de métier, des billets de faveur pour les soirées du samedi et du dimanche !

Mais cette idée ne plut pas à Willy l'Anguille, et il le déclara tout net. Il ne supportait pas les enfants. D'après lui, ils étaient pires que des animaux, et il n'avait aucune confiance en eux. Pas question de les laisser approcher d'un chapeau contenant de l'argent sans les avoir à l'œil. Ce qui, dans son cas, signifiait « jamais » !

– Voilà mon opinion, conclut-il. Cela dit, je vous laisse libre d'agir à votre guise, monsieur Owen, en partant du principe que ce que l'œil ne voit pas, le cœur n'en souffre pas. Ou guère !

CHAPITRE DOUZE

M. Owen respecta les sentiments de l'aveugle. Le samedi et le dimanche soir, quand Jeune Nick et Jubilé venaient discrètement l'écouter se produire avec Willy l'Anguille devant les pubs de Piccadilly et de Leicester Square, il ne mentionnait jamais leur présence pour ne pas contrarier son associé.

– Des enfants ? demandait-il, tout surpris, lorsqu'ils s'approchaient un peu trop près et que l'aveugle reniflait en marmonnant quelque chose comme « pires que des animaux ». Quels enfants, monsieur ?

Mais Willy l'Anguille savait parfaitement à quoi s'en tenir !

– A mon avis, dit-il à M. Owen un jour où la soirée avait été mauvaise et où il n'y avait pas grand-chose dans le chapeau, il y avait des enfants dans les parages. Et les enfants, monsieur Owen, en dépit de tout ce qu'on leur inculque dans leur institution de l'Habit Bleu, sont généralement plus doués pour les soustractions que pour les additions.

Il tâta à nouveau les pièces.

– Deux shillings et un demi-penny ! dit-il en secouant la tête avec un carillon rageur. Nous avons interprété *Foyer, mon doux foyer* et *Les Jacinthes,* et tout ce qu'il y a dans le chapeau, c'est deux shillings et un demi-penny ! Il aurait dû y avoir davantage, monsieur Owen, il aurait dû y avoir davantage ! Comme vous le savez, ces deux morceaux sont toujours d'un bon rapport !

– Mais il y a du brouillard, monsieur, expliqua M. Owen. Il y a très peu de monde. On ne voit pas l'autre côté de la rue !

CHAPITRE DOUZE

Il disait vrai. La soirée était réellement obscure, et les halos jaunes des réverbères n'éclairaient pas plus que des œufs sur le plat.

– Ainsi, on ne voit pas l'autre côté de la rue, hein ? s'écria Willy l'Anguille en éclatant de rire. Ça, alors ! Eh bien, vous avez intérêt à rester près d'un aveugle, parce que l'obscurité, ça le connaît ! Montons jusqu'à Leicester Square où il y a toujours du monde. Suivez l'aveugle ! cria-t-il.

Et il partit comme s'il faisait aussi clair qu'en plein jour.

Autour de Haymarket, le brouillard devint vraiment très épais : on distinguait à peine ses pieds. Les passants s'interpellaient, se bousculaient comme de gros papillons fantomatiques. Willy l'Anguille n'arrêtait pas de rire à gorge déployée.

– Suivez l'aveugle ! hurlait-il en faisant résonner ses clochettes et en tapant sur sa grosse caisse. Lui, le brouillard ne le dérange pas !

Heureux comme un poisson dans l'eau, il jouait de la

mailloche et heurtait ses cymbales dans la purée de pois, en tirant parfois un gémissement plaintif de sa vielle pour le seul plaisir d'effrayer les passants.

– Suivez l'aveugle ! Suivez...

Il n'alla pas plus loin. On entendit un bruit de roues, des claquements de sabots, puis un cri perçant, un hurlement et un formidable boum !

– Qu'est-ce que c'était ? cria Vieux-Perroquet en roulant des yeux affolés.

Et il fonça dans le brouillard, suivi de Jeune Nick et de Jubilé tremblants de peur et cramponnés l'un à l'autre.

C'était lui, évidemment. C'était Willy l'Anguille qui avait hurlé ! Il gisait sur la chaussée comme un petit tas de détritus, enchevêtré dans les courroies de sa vielle et de sa grosse caisse. Il avait été renversé par un fiacre qui y voyait encore moins que lui !

Les badauds s'assemblèrent autour de lui, se poussant et jouant des coudes pour mieux voir. Le cocher du fiacre répétait sans arrêt que ce n'était pas sa faute et tentait de calmer son cheval qui piaffait et hennissait de terreur.

– Je le connais, je le connais ! C'est mon associé ! s'écria M. Owen.

Un monsieur déclara qu'il était médecin et fit reculer tout le monde en réclamant de la lumière.

On alla chercher des lampes dans un pub, on décrocha les lanternes du fiacre, et un grand rond jaune éclaira la nuit. Alors le médecin s'accroupit à côté de Willy l'Anguille, entouré de visages blafards qui flottaient autour de lui comme des morceaux de pain blêmes dans une soupe sombre. Le cocher ne cessait de répéter que ce n'était pas sa faute.

– Ah ! fit le médecin en palpant Willy l'Anguille sur toutes les coutures.

Puis il ajouta « Oh ! » et « Hum ! » pendant que Jeune Nick et Jubilé rampaient entre les pieds des curieux pour tâcher de récupérer ce qui était tombé de Willy l'Anguille lorsqu'il avait été jeté à terre.

– Voilà ses flûtes ! s'écria Jubilé.

– Et voilà son triangle ! s'écria Jeune Nick. Mais il est tout tordu!

– Silence, petits! avertit M. Owen. Vous connaissez ses sentiments. S'il entend des enfants, cela aggravera son état !

Et puis le médecin se releva, remit ses gants et déclara qu'il fallait conduire Willy l'Anguille à l'hôpital, parce qu'il avait une jambe cassée.

– J'y suis pour rien ! dit le cocher. Il était au beau milieu de la chaussée ! Sacré vieux fou ! Il aurait pu regarder où il allait !

– Mais il est aveugle ! s'écria M. Owen.

Et tout le monde fit « Oh ! » et « Pauvre homme ! », et le cocher eut tellement honte qu'il ne savait plus où se mettre.

Comme Willy l'Anguille gémissait, M. Owen se pencha vers lui et lui fit boire une dose de vulnéraire des Écossais pour calmer sa souffrance.

– Nous avons du monde, monsieur Owen ? murmura-t-il après s'être léché les lèvres. Répondez seulement à ma question !

– Pas loin d'une centaine de personnes.

– Alors, faites passer le chapeau avant qu'elles ne se dispersent !

C'était un véritable professionnel, il fallait le reconnaître, et Vieux-Perroquet le suivait de près.

Il se débrouilla remarquablement bien et, lorsque le cocher du fiacre eut donné l'exemple en déposant un demi-souverain d'or dans son chapeau, il récolta près de quinze livres. La plus grosse recette que Willy l'Anguille et lui aient jamais faite !

– Je dois admettre qu'une jambe cassée est d'un bon rapport, gémit Willy l'Anguille pendant qu'on le hissait dans le fiacre dont le cocher avait offert de le conduire gratuitement à l'hôpital. Néanmoins, je ne la recommanderais pas, monsieur Owen... Ça ne vaut pas *Foyer, mon doux foyer* !

Le lendemain, ils allèrent à l'hôpital voir le blessé qui, dans son petit lit de fer, sans ses instruments, paraissait tout ratatiné, tout rabougri, comme une vieille noix sortie de sa coquille.

CHAPITRE DOUZE

– Les enfants ne sont pas admis ici, monsieur Owen ! furent les premiers mots qui s'élevèrent de son lit de douleur.

– Quels enfants, monsieur ? demanda Vieux-Perroquet, respectueux des sentiments bien connus de l'aveugle.

– Oh, pardon, excusez-moi ! dit Willy l'Anguille en retombant sur son oreiller. J'avais oublié que le samedi et le dimanche, monsieur Owen, vous marchez toujours sur trois paires de pieds !

– Je vous ai apporté votre argent, monsieur, dit M. Owen pour essayer de lui remonter le moral.

– Pas si fort ! chuchota Willy l'Anguille. Je ne suis pas seul !

Et il désigna d'un coup de menton le lit voisin, occupé par le propriétaire d'une autre jambe plâtrée, comme celle de Willy l'Anguille, aussi raide et aussi blanche qu'un arbre en hiver.

Il n'y avait d'ailleurs pas que lui ! L'immense salle était pleine de blessés gémissants, chacun dans son petit lit de fer, avec un bras ou une jambe suspendue à une corde, semblables à des marionnettes qui se seraient brusquement immobilisées à l'arrivée de M. Owen et de ses chérubins.

– Dix livres pour moi, murmura Willy l'Anguille en comptant l'argent et en le posant sur le lit, et quatre livres et dix-neuf shillings pour vous, monsieur Owen.

– Mais tout est pour vous, monsieur ! Après tout, c'était votre jambe !

– Ah ! Mais c'était votre chapeau, monsieur Owen ! De plus, j'en ai pour trois mois avant d'être à nouveau sur pied et au travail, ce qui fait que vous allez être tout seul. Et, malgré que je n'aime pas parler de cela, vous avez des paires de pieds excédentaires, qu'il faudra bien nourrir !

– C'est très généreux de votre part, monsieur.

– Professionnel, monsieur Owen, simplement professionnel. Et si vous voulez mon avis, vous louerez un orgue de Barbarie à Clerkenwell pour dix shillings par semaine. Votre *vox humana* est très bien, mais sujette à l'humidité, au froid et à l'enroue-

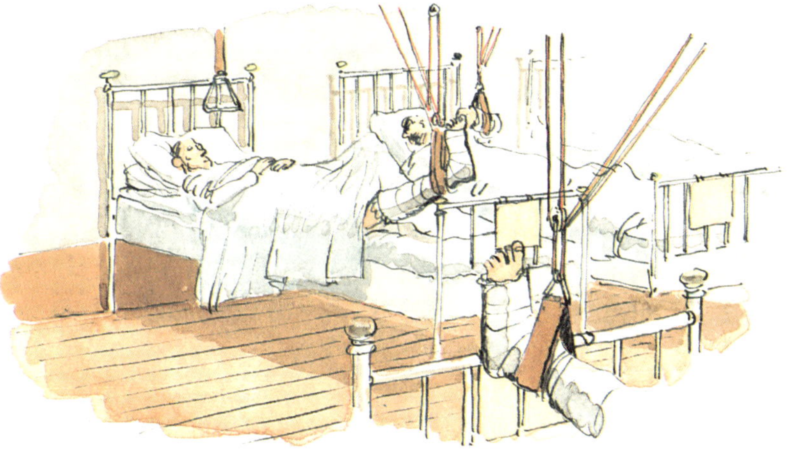

ment, monsieur Owen, ce qui n'arrive jamais aux orgues de Barbarie ! Bien entendu, ce serait d'un meilleur rapport si vous aviez un singe, mais peut-être que l'une de vos paires de pieds supplémentaires pourrait participer avec quelques pas de danse.

Vieux-Perroquet se tourna vers Jeune Nick qui haussa les épaules, puis vers Jubilé qui fit un petit saut et une gambade.

– Ça se pourrait, monsieur, soupira M. Owen. Ça se pourrait !

Et il adressa un petit clin d'œil à ses chérubins.

– J'ai un service à vous demander, monsieur Owen, dit soudainement Willy l'Anguille. Mes dix livres... je n'en aurai pas besoin ici. Cela m'arrangerait que vous les emportiez et que vous me les mettiez en sûreté.

– Vous... vous êtes sûr, monsieur ? demanda Vieux-Perroquet.

Il paraissait extrêmement gêné, ce qui n'avait rien de surprenant compte tenu de la réputation solidement établie dont il jouissait à cause de ce que Mme Smudgeon appelait toujours « ses petites manies ».

– Évidemment que je suis sûr ! riposta l'aveugle avec irritation. Je ne suis pas idiot, vous savez. Je sais quand je peux faire confiance à quelqu'un. Cela s'entend au son de sa voix !

Jeune Nick et Jubilé dévisagèrent Willy l'Anguille comme s'il était devenu fou, puis M. Owen qui rangeait l'argent de l'aveugle dans sa poche.

– Je vous le garderai, monsieur, dit Vieux-Perroquet et, devant les regards stupéfaits de Jeune Nick et de Jubilé, il ajouta : Je vous le promets !

Et il y avait des larmes dans ses yeux.

En sortant de l'hôpital, ils croisèrent le cocher de fiacre, qui arrivait avec un sac de raisin qui avait dû lui coûter une nuit de travail.

– Pour l'aveugle qui a été renversé hier soir, dit-il. Mais ce n'était pas ma faute !

JUBILÉ PLEURA TOUTES LES LARMES DE SON CORPS, NON PAS PARCE QUE LE MONSIEUR AVEUGLE AVAIT UNE JAMBE cassée, mais parce que Vieux-Perroquet n'était pas de parole.

– Vous aviez cligné de l'œil ! sanglota-t-elle.

– Jamais de la vie ! protesta-t-il.

– Si, je vous ai vu ! Vous nous avez fait un clin d'œil lorsque monsieur Willy a dit que vous devriez vous procurer un orgue de Barbarie pour qu'on puisse danser dans les rues !

– Je... j'avais une poussière dans l'œil.

– C'est un sale mensonge! gémit Jubilé qui avait été aux anges à l'idée de danser à Piccadilly et à Leicester Square.

Vieux-Perroquet secoua la tête. Il n'y aurait pas de danse pour la bonne raison qu'il n'y aurait pas d'orgue de Barbarie. Il se produirait tout seul, avec son pipeau et sa *vox humana*.

Le résultat ne fut pas brillant. Au premier essai, il rentra à la maison avec un shilling et six pence et une voix complètement éraillée.

– Monsieur Willy a dit qu'un orgue de Barbarie, ça ne s'enroue jamais, dit Jubilé, les yeux bouffis.

M. Owen n'en disconvint pas, mais il s'était renseigné et avait appris que l'orgue de Barbarie était sujet à d'autres infirmités. Il était continuellement plein de poussière, ce qui le désaccordait, et le faire accorder coûtait cher. Et puis il y avait la soie du devant, qui valait deux shillings le mètre et ne durait jamais plus d'un mois. Et où le mettraient-ils ? C'était un objet encombrant qu'il faudrait laisser en bas, dans le vestibule, où il serait une tentation terrible pour M. Smudgeon, toujours en quête de bois à brûler !

Mais, au plus profond d'eux-mêmes, Jeune Nick et Jubilé sentaient que ce n'était pas la véritable raison. Si M. Owen ne voulait pas d'un orgue de Barbarie, c'était parce qu'il ne voulait pas que ses chérubins soient mêlés à ses activités professionnelles.

CHAPITRE TREIZE

– Le colosse, lui, chuchota Jeune Nick à Jubilé au milieu de la nuit, serait allé tout droit à Clerkenwell et en aurait rapporté un orgue de Barbarie! Avec lui, on aurait dansé à Piccadilly dès le lendemain et jusqu'à la Saint-Glinglin !

Mais, comme toujours, Jubilé dormait sur ses deux oreilles.

Le lendemain matin, en allant à l'école, elle fit une nouvelle tentative. Ils attendaient pour traverser Chapel Street lorsque, tout à coup, elle sauta sur la chaussée et exécuta une gigue irlandaise en chantant de sa voix de crécelle et en sautillant comme une puce !

Les passants s'arrêtèrent pour la regarder et certains tapèrent des mains en cadence, mais si M. Owen ne l'avait pas extirpée *in extremis* de sous les sabots d'un cheval, elle se serait retrouvée à côté de Willy l'Anguille, la jambe suspendue à une corde!

– Ne recommence jamais cela ! gronda-t-il, ce qui déclencha une nouvelle crise de larmes pire, encore, que les précédentes.

Il s'en prit alors à Jeune Nick, comme s'il était fautif de n'avoir pas tenu assez solidement la main de sa sœur.

– Mais ça aurait rapporté gros! sanglota

Jubilé. Ça plaisait aux gens : ils tapaient des mains ! Si seulement on avait un orgue de Barbarie...

– Et si seulement on avait un singe qui sache faire des tours ! soupira Vieux-Perroquet, surmontant sa colère et sa peur. Non, mes chérubins, dit-il en secouant la tête. Danser et chanter, ce n'est pas pour vous. Je sais que vous êtes très forts tous les deux pour lire, écrire, coudre et apprendre la Bible, mais se produire en public, c'est autre chose. C'est professionnel. Vous... vous n'êtes pas assez musiciens, vous me gâcheriez mon numéro.

Mais ce soir-là, après le souper, il dut réviser son jugement !

Peu après sept heures, on frappa à la porte.

– Ce doit être un des Smudgeon, dit M. Owen avec un soupir, car ils venaient continuellement réclamer la restitution d'une chose ou d'une autre. Entrez, entrez !

La porte s'ouvrit, mais ce ne fut pas l'un des Smudgeon qui s'y encadra, ce fut M. Rummer, avec sa plus belle redingote et son plus beau chapeau haut de forme !

Son apparition causa à tout le monde une peur épouvantable ! M. Owen devint plus blanc que sa théière neuve, et Jeune Nick et Jubilé en firent autant.

– Qu'est-ce... qu'est-ce qu'ils ont fait, monsieur ? bredouilla Vieux-Perroquet.

Question bien naturelle, car pourquoi l'instituteur serait-il venu à sept heures du soir à l'impasse de l'Oignon, en hiver, si ce n'était pour annoncer à M. Owen que ses chérubins s'étaient rendus coupables d'un crime quelconque ?

CHAPITRE TREIZE

M. Rummer ne dit mot. En tant qu'instituteur, il avait l'habitude de provoquer la peur et aimait en tirer tout le parti possible. Il regarda autour de lui, examina les nouveaux meubles et, pour finir, Vieux-Perroquet en personne qui se tenait derrière la table, étreignant les épaules de Jeune Nick et de Jubilé comme s'il craignait de s'écrouler s'ils ne le soutenaient pas.

– Ce qu'ils ont fait, monsieur Owen ? dit finalement M. Rummer en retirant son chapeau et ses gants. Eh bien, voyons, comme c'était lundi, ils ont fait de la lecture et de l'écriture, et un ou deux problèmes. Après quoi la fille a fait de la couture et de la cuisine pendant que le garçon, je suis au regret de devoir vous en informer, était mis au piquet pour avoir parlé durant la prière.

Il fit une pause, fronça les sourcils et poursuivit :

– Et bien entendu, comme tous les lundis, ils ont fait de la musique.

– De la... de la musique, monsieur ?

– Oui, monsieur Owen, de la musique. Et c'est la raison de ma visite.

Et on apprit le fin mot de l'affaire. Cela concernait Jubilé. Elle avait apparemment une bonne oreille, et sa qualité ne provenait en rien de l'anneau d'or qui l'enjolivait. Si elle avait une bonne oreille, c'est parce qu'elle avait des dispositions naturelles pour la musique.

C'était M. Cage, l'organiste de Saint-John qui venait à l'école le lundi, le mercredi et le vendredi, qui avait découvert la chose. Il en avait parlé à Mme Rummer, qui en avait parlé à M. Rummer, qui avait estimé de son devoir de venir en informer M. Owen.

– Oui, dit-il en regardant Jubilé rayonnante de joie et de fierté, cette enfant est musicienne, monsieur Owen.

– Elle tient cela de son père, monsieur ! s'empressa de déclarer Vieux-Perroquet, et il s'en fallut d'un cheveu qu'il n'ajoutât : Que Dieu ait son âme !

– Il faudrait l'encourager, monsieur Owen, dit M. Rummer en regardant à nouveau autour de lui. C'est dommage qu'elle ne dispose pas d'un instrument à la maison.

– Un instrument, monsieur ?

– Oui, monsieur Owen. Elle a fait preuve d'une remarquable aptitude pour le violon.

– Et... et le garçon, monsieur ? s'enquit Vieux-Perroquet avec un rapide coup d'œil sur Jeune Nick.

Mais il se révéla que le garçon n'avait aucun talent particulier pour la musique, alors que, reconnut M. Rummer, son intelligence était beaucoup plus éveillée que celle de sa sœur. Il était remarquablement doué pour les chiffres. En fait, il possédait un véritable génie pour l'arithmétique, ce qui, il fallait l'admettre, valait bien la musique !

Sur ces bonnes paroles, M. Rummer, après avoir rappelé à M. Owen sa promesse de chanter à l'église avec les enfants de l'Institution, mit son chapeau et ses gants et s'en alla.

– Eh bien ! dit M. Owen en se versant une dose de vulnéraire des Écossais, j'ai l'impression qu'il va falloir que je fasse amende honorable. L'un de mes chérubins est un authentique musicien.

Il hocha la tête et soupira.

– Le violon, hein ? Il faudra que je demande à mon associé si le violon est d'un bon rapport.

Il ne perdit pas de temps. Le lendemain après-midi, il était à Chapel Street, attendant que Jeune Nick et Jubilé sortent de l'école. Il avait eu un coup de veine, déclara-t-il. Alors qu'il se produisait dans Queen Street, un gentleman gallois lui avait donné un souverain d'or pour chanter *Le Pays de mes pères* et *Les Hommes de Harlech* qui, en fin de compte, s'étaient révélés être d'un bon rapport.

– Voilà pourquoi nous allons de ce pas nous renseigner sur les violons, dit-il en clignant de l'œil.

Il se rappela alors sa dernière expérience dans ce domaine et précisa à Jubilé qu'un clin d'œil ne vous engageait en rien et qu'il ne faisait aucune promesse. Ce qui était un affreux mensonge, parce que des violons lui sortaient positivement des yeux.

Il s'était renseigné, dit-il, et avait appris que le violon, sans pouvoir se comparer à la *vox humana*, était néanmoins un gagneur honorable et qu'il existait, juste après Soho Square, un magasin dans lequel on pouvait se procurer un instrument très supérieur à ceux qu'on voyait accrochés dans la vitrine du prêteur sur gages de Pye Street.

CHAPITRE TREIZE

– Alors, dépêchons-nous, mes chérubins ! s'écria-t-il en les prenant chacun par un bras. Tâchons d'arriver là-bas avant que la boutique ne ferme !

C'était une vieille échoppe d'aspect bizarre, avec un violon peint sur la devanture et une véritable forêt de violons à l'intérieur. Quand après être entré on refermait la porte, tous ces violons vibraient et bourdonnaient comme si des fantômes essayaient de se distraire un peu en jouant une illusion de chanson.

– Je voudrais un violon, annonça M. Owen au monsieur qui se tenait derrière le comptoir. Pour la jeune fille que voici.

– Ah ! dit le monsieur en se penchant pour examiner Jubilé par-dessus les verres de ses lunettes. Il vous faut un petit modèle.

– Un bon modèle ! cria M. Owen au monsieur qui disparaissait dans sa forêt de violons. Un instrument de qualité, je vous prie ! Ma fille est très musicienne !

– J'en ai trouvé un! s'exclama Jubilé en sautillant d'excitation et en montrant un petit violon brun doré suspendu dans une vitrine.

– Pas valable ! décréta Jeune Nick en tirant sa sœur en arrière comme il l'avait fait lorsqu'ils cherchaient un papa. Trop vieux !

– C'est celui-là que je veux ! riposta Jubilé comme elle l'avait fait pour les autres papas.

Le monsieur revint alors avec deux violons flambant neufs et leur archet, et Jubilé décolla son nez de la vitrine pour s'approcher du comptoir.

– La jeune demoiselle musicienne voudrait-elle essayer celui-ci ? demanda le monsieur.

Jubilé tendit les bras.

– Attendez, je vais vous l'accorder, dit le monsieur.

Il pinça les cordes, régla les chevilles et tendit l'un des instruments à Jubilé, qui le cala sous son menton, brandit l'archet en manquant éborgner Vieux-Perroquet et débuta par un miaulement encore plus discordant que ceux du vieux chat de l'impasse de l'Oignon.

Après quoi elle émit encore quelques crissements, puis attaqua *Le Bosquet de frênes*. Ce fut aussi frêle et aussi aigu qu'un chant d'oiseau. Vieux-Perroquet n'en revenait pas. Il n'arrêtait pas de hocher la tête, de balancer les mains et de fredonner en cadence. Jubilé s'en tira fort bien, compte tenu du peu de leçons qu'elle avait prises, mais il faut reconnaître que ce fut un soulagement lorsqu'elle s'arrêta.

CHAPITRE TREIZE

– La jeune demoiselle musicienne aimerait-elle essayer l'autre instrument ? demanda le monsieur.

Ce que fit Jubilé, mais le résultat fut le même.

– Elle a du talent, c'est indéniable, dit M. Owen. Mais, évidemment, ellc est encore très jeune.

– Les violons aussi ! soupira le monsieur. Ça vient du chevalet, vous savez. Sur les instruments neufs, il a toujours tendance à s'affaisser. Nous appelons cela de la consomption.

– De la consomption, hein ? murmura M. Owen. Eh bien, je suppose que chaque instrument a ses infirmités, comme l'orgue de Barbarie et la *vox humana* qui est mon instrument personnel, professionnellement parlant. Combien ?

– Trois livres et dix shillings, répondit le monsieur. Avec l'archet et l'étui.

– Tant que ça ? dit Vieux-Perroquet en verdissant un peu.

– Ce n'est pas un jouet, c'est un article professionnel ! riposta le monsieur.

– Je préfère celui-là ! s'écria Jubilé, et elle alla recoller son nez sur la vitrine.

– Ah! dit le monsieur en sortant de derrière son comptoir. La jeune demoiselle n'a pas seulement de l'oreille, elle a également l'œil !

Il ouvrit la porte de la vitrine et en sortit le vieux violon avec autant de délicatesse que s'il s'agissait de son propre bébé.

– C'est un instrument italien, expliqua-t-il à M. Owen. Fabriqué à Crémone il y a cent cinquante ans.

Il entreprit de l'accorder en approchant son oreille tout près de la table. Lorsqu'il releva la tête, il croisa le regard de Jubilé, qui dévorait le violon des yeux comme si c'était un pâté en croûte.

– La jeune demoiselle musicienne aimerait peut-être essayer l'instrument ? dit-il en souriant. Ce serait un service à lui rendre. Voyez-vous, les vieux violons adorent être joués. Ils sont comme vous et moi, monsieur, dit-il à M. Owen. Quand on prend de l'âge, on a besoin de s'occuper pour garder la forme !

Il donna alors le violon et l'archet à Jubilé qui, après un ou deux grincements, interpréta à nouveau *Le Bosquet de frênes* de bout en bout. Et c'était vraiment surprenant, étant donné qu'elle n'avait que neuf ans alors que le violon en avait cent cinquante, de voir à quel point ils s'entendaient bien tous les deux.

Le son était différent de celui des autres instruments, à la fois très doux et très puissant. Et pendant tout le temps que Jubilé resta plantée au milieu du magasin, ses petits doigts voletant comme des papillons blancs sur les cordes et son visage niché comme une fleur endormie dans le brun doré du vieux violon, personne ne dit un mot, personne ne fit un geste.

Cela tenait du prodige, il fallait bien le reconnaître. Si elle s'était mise en quête d'un mari, elle n'aurait pas eu besoin d'autre dot que ses boucles d'oreilles et le vieux violon. Avec ça, elle aurait décroché un roi !

– Combien ? demanda M. Owen en plongeant sa main dans sa poche, tout prêt à payer.

– Cinquante livres, répondit le monsieur.

La main de Vieux-Perroquet ressortit de la poche comme si elle s'était brûlée !

– Cinquante livres ? s'écria-t-il en se cramponnant à son gilet pour ne pas tomber de stupeur.

– Pas un penny de moins, dit le marchand.

– Cinquante livres !

– Avec l'archet et l'étui. Si l'instrument intéresse la jeune demoiselle musicienne, voulez-vous que je vous le mette de côté pendant un jour ou deux ?

Vieux-Perroquet regarda Jeune Nick et Jubilé, puis ses yeux revinrent tristement se poser sur le marchand.

– Un an ou deux seraient plus près du compte, soupira-t-il.

Et Jubilé pleura à chaudes larmes tout le long du chemin jusqu'à la maison.

CHAPITRE QUATORZE

– MONTEZ, MES CHÉRUBINS, DIT M. OWEN. VOUS TROUVEREZ LE SOUPER SUR LA TABLE, SI LE CHAT N'EST PAS PASSÉ PAR LÀ AVANT VOUS !

– Vous ne venez pas avec nous ? demanda Jeune Nick.

– Je vous rejoins tout de suite. Juste un mot à dire au jeune Smudgeon.

Jubilé leva des yeux noyés.

– Je peux venir avec vous ? demanda-t-clle.

Vieux-Perroquet secoua la tête.

– Tu lui ferais peur, avec ta tête à l'envers.

– Qu'est-ce que vous lui voulez ?

– Euh... simplement lui emprunter son livre de cantiques, répondit Vieux-Perroquet.

Et il fit un clin d'œil en glissant ses pouces dans les entournures de son gilet comme s'il allait en entonner un sur-le-champ.

– Tu avais oublié ? J'ai promis à monsieur Rummer de chanter à l'église avec les élèves de l'école !

Ce qui était encore un affreux mensonge, parce que personne n'était autorisé à emporter un livre à la maison – sauf la Bible, évidemment – et il le savait parfaitement !

– Alors ? demanda Jeune Nick lorsque Vieux-Perroquet poussa la porte de leur logement. Il n'y avait pas de livre de cantiques, hein ?

– Du vif-argent, ce garçon ! soupira Vieux-Perroquet en hochant la tête. Mais tu as raison. J'avais complètement oublié le règlement.

Durant tout le repas, il fut très absorbé, parlant à peine mais fredonnant entre ses dents en tapotant la table du bout des doigts comme pour rythmer l'enchaînement de ses pensées. Puis, à partir de sept heures et demie, il ne cessa de se lever pour aller jeter un coup d'œil par la fenêtre, mais comme il faisait nuit il ne voyait guère que le reflet de son propre visage, qui le contemplait comme pour lui dire : « Quel drôle de vieil oiseau tu fais ! »

Une fois, il redescendit au rez-de-chaussée... respirer un bol d'air frais, d'après lui, mais il aurait fallu qu'il sorte un peu de la Cour du Diable pour trouver un air qui ne soit pas déjà corrompu ! Il ne tenait pas en place, voilà tout, et quand on frappa à la porte – il était huit heures passées –, il bondit littéralement de sa chaise !

C'était Smudgeon, en pardessus, tout suant et soufflant d'avoir couru dans l'obscurité.

– Je l'ai, monsieur Owen, je l'ai ! cria-t-il.

– Doucement, mon garçon, murmura Vieux-Perroquet. Inutile de crier.

– J'ai fait comme vous m'aviez dit, monsieur Owen ! Je leur ai raconté que je l'avais trouvée dans le parc !

– Pas si fort, mon garçon, pas si fort !

– Ils m'ont donné l'argent sans me poser la moindre question, dit Smudgeon en tendant un petit sac.

– Merci, mon garçon, dit Vieux-Perroquet en prenant le sac avec un sourire ravi. Tu t'es débrouillé comme un chef !

Ce fut à ce moment-là que les mouches bleues firent leur apparition, l'horrible paire de géants du parc, fatidique et silencieuse comme la nuit !

Jubilé poussa un cri perçant, Jeune Nick aussi, mais cela ne servait plus à rien : tout était consommé !

– C'est un vieux truc, dit l'une des mouches bleues en empoignant Vieux-Perroquet par un bras, d'envoyer un gosse toucher la récompense !

– Et c'est un truc encore plus vieux, dit l'autre en s'emparant du second bras de Vieux-Perroquet, de filer ce gosse pour arrêter le voleur !

CHAPITRE QUATORZE

Tout ça, c'était la faute de la montre en or, celle qui avait un diamant sur le boîtier. Vieux-Perroquet avait envoyé Smudgeon la porter au poste de police de Rochester Row pour se procurer les cinquante livres du violon de Jubilé.

– Mes chérubins, mes pauvres chérubins ! gémit Vieux-Perroquet suspendu entre les deux énormes mouches bleues comme un oiseau crevé.

– Ça ne sert à rien de pleurer après que le lait a débordé, dit l'une des mouches bleues, celle qui était rouge comme un rosbif.

– C'est avant de voler la montre de ce monsieur qu'il fallait penser à eux, dit l'autre, celle qui était grise comme une vesse-de-loup.

Ce qui était le plus affreux de tous les mensonges ! Quand il avait fauché la montre, Vieux-Perroquet n'avait aucun chérubin à qui penser ! A ce moment-là, Jeune Nick, Jubilé et lui ne se connaissaient pas, ils se seraient croisés dans la rue sans se reconnaître !

Les mouches bleues étaient rapides, il fallait l'avouer. Elles ne perdaient pas de temps.

– Et maintenant, vous allez nous accompagner sans faire d'histoires, dit Rosbif en donnant une secousse au bras qu'il tenait. Trop gratter cuit, trop parler nuit.

– Mais mes chérubins ! Laissez-moi prendre quelques dispositions! Donnez-moi le temps d'avertir mes amis !

– Oh! oh ! dit Vesse-de-Loup. Ça, c'est un vieux truc ! Je suis surpris qu'un professionnel comme vous essaye de l'employer.

Allons, voyons, mademoiselle ! s'écria-t-il, effrayé, en menaçant Jubilé de son brodequin. Pas de bêtise avec ce couperet, hein ?

– Ni toi non plus, mon garçon ! avertit Rosbif en brandissant un poing gros comme une bible lorsque Jeune Nick prit le couperet des mains de Jubilé à qui il manquait visiblement quinze centimètres pour l'utiliser efficacement. C'est seulement dans les contes de fées que Jack tue des géants*. Dans la réalité, c'est tout le contraire ! Alors, on se calme et on la boucle, tous les deux. Ça vaudra mieux pour tout le monde.

– Mais mes amis, mes amis ! gémit Vieux-Perroquet lorsque les mouches bleues le traînèrent dans l'escalier. Laissez-moi prévenir mes amis !

Mais c'était inutile. Smudgeon s'en était déjà chargé. Il avait filé comme une bouffée de fumée aussitôt que les mouches bleues avaient montré le bout de leur nez, si bien que toute l'impasse de l'Oignon était massée dans le vestibule et devant la maison.

– C'est pas ma faute ! C'est pas ma faute ! n'arrêtait pas de crier Smudgeon, exactement comme le cocher de fiacre qui avait renversé Willy l'Anguille dans le brouillard.

Seulement, cette fois, il n'y avait pas de médecin pour venir en aide à Vieux-Perroquet dont la situation était encore plus grave.

– Je me suis pas aperçu qu'ils me suivaient ! C'est pas ma faute !

---

* Allusion au conte intitulé *Jack et le haricot magique*, dans lequel le héros vient à bout d'un cruel géant.

CHAPITRE QUATORZE

Il aurait mieux fait de se taire : ainsi Jubilé ne se serait pas jetée sur lui, folle de colère, et M. Smudgeon n'aurait pas été obligé de la ceinturer pour l'empêcher de crever les yeux de son fils.

– On se calme et on la boucle ! Allons, on se calme et on la boucle, maintenant ! n'arrêtait pas de répéter Rosbif. Au bout du compte, ça vaudra mieux pour tout le monde !

Et puis les mouches bleues entraînèrent Vieux-Perroquet dans la nuit, tandis que Jubilé essayait de le retenir et que les Smudgeon le suivaient en lui criant de ne pas se faire de souci, qu'ils s'occuperaient de leur mieux de ses chérubins.

– Monsieur D ! Monsieur D ! chuchota Jeune Nick contre la couverture qui isolait l'un des coins de la pièce des Smudgeon.

A quoi bon courir après les mouches bleues en hurlant à s'en casser les cordes vocales ? Vieux-Perroquet était parti et on ne le reverrait plus. Comme l'avait dit le monsieur du parc, celui qui portait un chapeau haut de forme, on allait mettre Vieux-Perroquet à l'ombre pour le restant de ses jours.

– Monsieur D ! Monsieur D !

Heureusement, il restait le colosse, si monsieur D

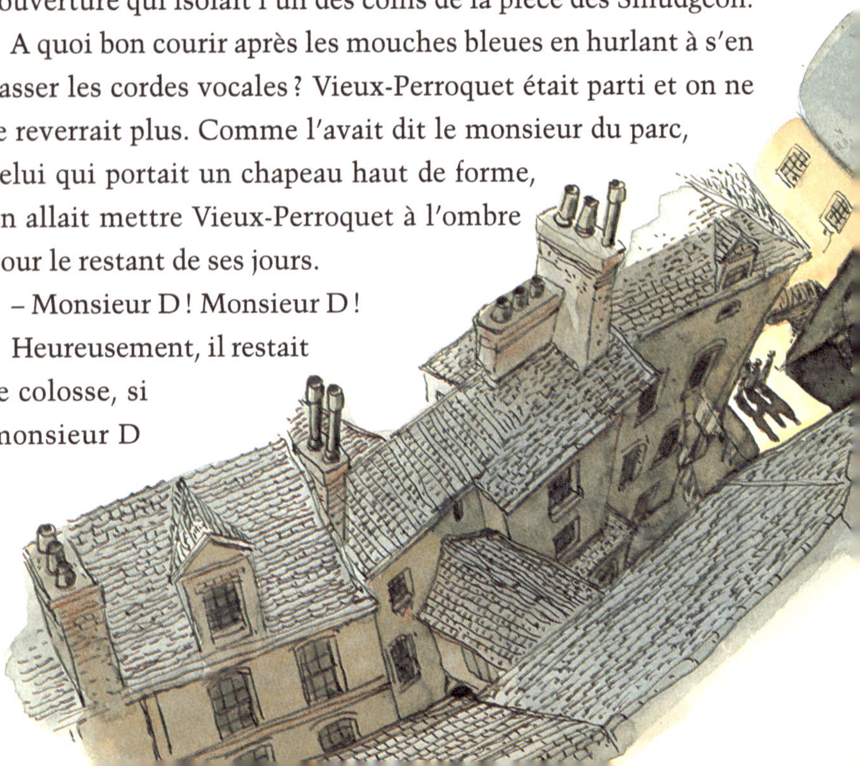

était enfin de retour de Liverpool, ayant appris son nom.

– Laissez-le tranquille ! dit la voix de M. O'Grady, dont le visage mal rasé apparut au coin de la couverture. Il vient de rentrer de Liverpool et il dort comme un bébé ! Il a voyagé toute la nuit, vous savez.

– Mais il faut que je lui parle ! Je dois absolument l'interroger au sujet du colosse !

– Ah oui, le fameux colosse ! dit M. O'Grady en se grattant le crâne. De Kilkenny, si je ne m'abuse ? Bon, voilà ce que je vous propose : je vais faire un autre nœud au pan de ma chemise pour me rappeler que je dois interroger monsieur D dès qu'il se réveillera. Je ne peux pas faire mieux !

– Si, vous pouvez! rugit Jeune Nick.

Et avant que M. O'Grady ait pu l'en empêcher, il passa de l'autre côté de la couverture et pénétra dans le sanctuaire de M. O'Grady et de monsieur D !

– Monsieur D ! Monsieur D !

Mais tout ce qu'il y avait, derrière la couverture, c'était le lit de M. O'Grady, la malle de hardes puantes de M. O'Grady, la grosse marmite noire de M. O'Grady et la personne irritée et mal rasée de M. O'Grady !

– Où est-il ? Où est monsieur D ? Vous m'avez dit qu'il dormait !

– Il vient de s'esquiver par la cheminée, dit M. O'Grady en levant son pouce à la verticale. Dès qu'il vous a entendu, il a grimpé. C'est un homme excessivement réservé, monsieur D !

– Vous avez menti, vous avez menti, vous n'irez pas au paradis ! hurla Jeune Nick.

Et il décocha un coup de poing dans la poitrine de M. O'Grady qui recula, trébucha et tomba assis dans sa marmite, tout prêt à être mis au feu !

– Il n'y a pas de monsieur D, il n'a jamais existé !

– Évidemment que monsieur D existe ! Je bavarde avec lui tous les soirs, nous causons du vieux pays, nous évoquons les perspectives agréables de la journée du lendemain...

– Menteur, menteur !

– Est-ce qu'il n'a pas dit qu'il connaissait votre colosse de Kilkenny ? continua M. O'Grady en hochant la tête. Comment serait-ce possible, s'il n'existait pas ? Alors, un peu de bons sens, jeune homme. Réfléchissez, au lieu de taper sur l'estomac d'un gentleman qui n'a pas fini de digérer son souper et de le traiter de menteur !

Continuer à discuter n'aurait servi à rien. Dorénavant, tout était inutile.

– Écoutez, mon garçon, écoutez ! cria M. O'Grady en s'extrayant péniblement de la marmite. Je suis en train de faire ce nœud à mon pan de chemise ! Dès que monsieur D redescendra de la cheminée, je lui parlerai de Kilkenny ! Grand comme une église, avez-vous dit ?

Mais, tout comme monsieur D, Jeune Nick n'était plus là. Il était à l'autre bout de la pièce, en train de franchir la porte.

– Vous êtes un vilain, monsieur D ! dit la voix de M. O'Grady derrière la couverture. Un très, très vilain garçon ! Comment avez-vous pu vous amuser à entretenir inutilement les espoirs de ce malheureux enfant, alors qu'il est aussi du vieux pays ? Vous lui avez brisé le cœur, monsieur D. J'estime que c'est de la méchanceté pure !

LA NUIT ÉTAIT FROIDE, ET TOUTES LES COUVERTURES DE VIEUX-PERROQUET N'Y CHANGEAIENT PAS GRAND-CHOSE. Parce que le froid venait surtout de l'intérieur.

– S'il a fait ça, c'est à cause de ce vieux violon, chuchota Jeune Nick à Jubilé.

– C'est pas ma faute ! marmonna Jubilé, exactement comme tous les autres.

– Vieux-Perroquet.

– Notre papa.

Et les gémissements, les sanglots et les soupirs qui emplissaient l'impasse de l'Oignon durant la nuit les enserrèrent de toutes parts, aussi denses et suffocants que du brouillard.

– Allons faire un tour dans le parc avant que les gens ne se réveillent, dit Jeune Nick lorsque le jour se leva enfin, un jour gris comme de la poussière.

– Pour quoi faire ? demanda Jubilé.

– Peut-être qu'il a semé les mouches bleues et qu'il est encore planqué dans un arbre.

Le parc était silencieux et l'herbe

couverte de gelée blanche. On aurait dit un linceul.

– *Obscur est le sentier que nous suivons...* chanta Jubilé de sa petite voix de crécelle sous les arbres dépouillés.

Mais aucune masse sombre ne s'accrochait aux branches noires, et aucun pipeau de fer-blanc ne répondit à la chanson de Jubilé.

– *D'un bout à l'autre de la nuit...*

Ils firent lentement le tour du lac pour voir s'il ne serait pas tombé dedans, puis gagnèrent la partie sauvage pour jeter un coup d'œil dans leur vieille retraite de lierre et d'aubépine.

CHAPITRE  QUINZE

– C'est lui ! s'écria Jubilé. Il est dedans !

Mais ce n'était pas Vieux-Perroquet, c'était un clochard emmitouflé dans des chiffons et des journaux, qui ouvrit un œil dur comme une pierre.

– Foutez le camp, les mômes ! dit-il. Ce trou-là, il est à moi !

Et puis il aperçut les boucles d'oreilles en or de Jubilé, et son second œil de pierre s'ouvrit : il brillait comme si une limace rampait dessus.

– Viens là, petite fille, ordonna-t-il. Que je te voie de plus près !

Il tendit une main griffue aux ongles cassés ; Jeune Nick et Jubilé détalèrent comme s'ils avaient le diable à leurs trousses, sortirent du parc et retournèrent à l'impasse de l'Oignon.

Pas question d'aller à l'école. Au lieu de cela, ils se rendirent au tribunal de simple police avec les Smudgeon.

– Pour que monsieur Owen voie qu'on s'occupe bien de vous, mes chérubins, dit Mme Smudgeon en cours de route. Ça lui remontera un peu le moral, avant... avant qu'il ne s'en aille.

– Et pas de cris ni de gémissements, ajouta M. Smudgeon en remontant le col de son pardessus parce qu'il commençait à pleuvoir. Ça ne servirait à rien.

Mme Smudgeon se tapota les cheveux et ajouta :

– On se calme et on la boucle, mes chéris, comme a dit le monsieur de la police.

Le tribunal de simple police était situé près de Piccadilly, non loin de l'endroit où Willy l'Anguille s'était fait renverser. Ils y retrouvèrent Rosbif et Vesse-de-Loup, qui attendaient dans le couloir, devant la salle d'audience, détendus et silencieux, au milieu d'un tas de gens apparemment terrorisés.

– J'espère que vous avez laissé votre couperet à la maison, dit Vesse-de-Loup à Jubilé en l'examinant de la tête aux pieds. On se calme et on la boucle, mademoiselle.

– Et plus de géants, Jack, dit Rosbif à Jeune Nick en l'examinant de la tête aux pieds. La vie n'est pas un conte de fées, mon garçon. Il faut savoir se tenir à sa place, sinon on se fait rabattre son caquet vite fait. Alors, comme dit mon collègue ici présent, on se calme et on la boucle, et il ne vous arrivera rien de fâcheux.

Ils pénétrèrent ensuite dans la salle d'audience et s'assirent au dernier rang. C'était une grande pièce carrée, sombre et rébarbative, avec des murs tristes et des mouches bleues qui gardaient la porte. Et le vieux magistrat affreux qui trônait sur une estrade, fier comme le Vieux Nick en personne, était l'homme le plus laid que Jeune Nick et Jubilé aient jamais vu. Rien ne pouvait échapper au flair d'un nez aussi long et aussi pointu, et il n'y avait rien à espérer d'yeux aussi durs et aussi froids.

– Regardez ! s'écria Jubilé en se levant d'un bond et en tendant le bras.

– Silence ! chuchota M. Smudgeon en la faisant rasseoir.

– Mais c'est le vieux Tuyau-de-Poêle !

– On se calme et on la boucle, ma chérie, murmura Mme Smudgeon, comme a dit le monsieur de la police.

CHAPITRE  QUINZE

Mais Jubilé avait raison : c'était bien lui ! Le pire ennemi de Vieux-Perroquet, l'homme auquel il avait dérobé la montre en or dans le parc ! Il était assis au premier rang, tout prêt à donner l'estocade à Vieux-Perroquet.

– Noël Owen ! cria quelqu'un d'une voix de stentor.

Vieux-Perroquet fit son entrée, flanqué d'une mouche bleue pour l'empêcher de prendre la poudre d'escampette. Mais c'était une précaution superflue. Tout gris, tout ratatiné, ressemblant plus que jamais à un oiseau crevé, il semblait tenir à peine sur ses jambes.

– Notre papa ! hoqueta Jubilé tandis que l'on faisait gravir quelques marches à Vieux-Perroquet et qu'on le faisait asseoir sur un siège entouré d'une balustrade pour que tout le monde puisse le voir.

– Silence ! chuchota M. Smudgeon.

Mais Vieux-Perroquet avait entendu, et cela lui fit un immense plaisir, il faut bien le reconnaître, d'apercevoir Jeune Nick et Jubilé au fond de la salle ! Il se redressa et leur adressa l'un de ses fameux clins d'œil au moment même où un rugissement terrible retentissait au premier rang :

– C'est lui ! C'est bien lui !

CHAPITRE  QUINZE

C'était Tuyau-de-Poêle ! Il avait bondi de son siège, rouge d'excitation à l'idée d'expédier Vieux-Perroquet sur la paille humide d'un cachot pour le restant de ses jours.

– Jamais je n'oublierai cet affreux visage, cria-t-il, dussé-je vivre cent ans!

– Asseyez-vous, monsieur ! dit le magistrat en assenant un coup de marteau sur son bureau. Asseyez-vous et faites silence! N'avez-vous donc aucun respect pour ce tribunal ? Vous témoignerez en temps voulu, monsieur, et après avoir prêté serment !

Tuyau-de-Poêle dut donc se rasseoir et ronger son frein en attendant son tour, tandis que Rosbif et Vesse-de-Loup se levaient l'un après l'autre ct racontaient par le menu ce qui s'était passé.

Ils exposèrent dans quelles conditions Tuyau-de-Poêle avait porté plainte pour le vol de sa montre : il s'agissait d'un vol avec violence, car son gilet avait été déchiré, ce qui rendait le délit cent fois plus grave.

Ils parlèrent ensuite de la récompense de cinquante livres et expliquèrent comment Smudgeon était venu avec la montre et avait rapporté l'argent à Noël Owen dans l'impasse de l'Oignon.

– Et c'est là que nous l'avons appréhendé, dit Rosbif, avec l'argent mal acquis à la main.

– Et qu'a-t-il dit, lorsque vous l'avez incriminé ? demanda le magistrat.

– Il a dit que la montre n'avait pas été volée, mais trouvée, répondit Rosbif dans un éclat de rire général.

– Est-ce la montre en question ? demanda le magistrat en la présentant.

C'était la première fois que Jeune Nick et Jubilé la voyaient de leurs yeux, bien qu'elle n'ait jamais quitté les pensées de Jeune Nick et, en la regardant se balancer au bout de sa chaîne ils ne lui trouvèrent rien de tellement extraordinaire. Pas de quoi, en tout cas, envoyer Vieux-Perroquet en prison pour le restant de ses jours.

– C'est bien l'objet, Votre Honneur, dit Rosbif, et il se rassit.

– Et maintenant, monsieur, dit le magistrat à Tuyau-de-Poêle, vous pouvez déposer devant le tribunal.

– C'est lui, c'est bien lui ! s'écria Tuyau-de-Poêle en bondissant à nouveau de son siège.

– Vous témoignerez dans les formes requises, dit le magistrat en assenant un nouveau coup de marteau sur son bureau. Vous allez venir à la barre et vous allez prêter serment. A ce moment-là seulement le tribunal vous entendra.

– Viens ! On va chercher une gamelle de lait! chuchota Jeune Nick à Jubilé au moment où Tuyau-de-Poêle allait docilement se placer à la barre et s'engageait à dire la vérité, toute la vérité et rien que la vérité, que Dieu lui en soit témoin, et où Vieux-Perroquet avait l'air de n'espérer qu'une seule chose, c'était qu'il profère un affreux mensonge.

– Maintenant ?

– Maintenant ! répondit Jeune Nick. Prête ? Attention... vas-y !

Et il poussa Jubilé de toutes ses forces !

– Au moins, tu n'as pas perdu la main ! marmonna Jeune Nick en sautant par-dessus les bancs avec l'agilité d'une puce alors que Jubilé venait de s'étaler en plein milieu du tribunal en poussant un hurlement strident et commençait à se tortiller comme un ver coupé au milieu des pieds des spectateurs affolés. Même si ce n'est pas ça qui te procurera un mari !

Il arriva à côté de Vieux-Perroquet et le tira par la manche pendant que tout le monde regardait avec stupeur Jubilé faire son numéro.

– Allez, venez ! dit Jeune Nick.

Mais Vieux-Perroquet était plus difficile à remuer qu'une souche. Le colosse aurait su quoi faire, lui ! Le colosse se serait levé d'un bond, il aurait détalé avec Jubilé sous un bras et Jeune

Nick sous l'autre, et il aurait couru d'une seule traite jusqu'à Kilkenny !

Mais pas Vieux-Perroquet. Il resta où il était, se contentant de secouer la tête et de dire, les yeux pleins de larmes :

– C'est inutile, mes chérubins, ça ne servirait à rien ! On ne peut pas fuir toute sa vie.

– C'est un vieux truc ! déclara Vesse-de-Loup en saisissant Jeune Nick au collet.

– C'est seulement dans les contes de fées que les accusés sont sauvés à la dernière minute, dit Rosbif en empoignant Jeune Nick par les cheveux. Dans la réalité, ils vont en prison pour des années. Alors on se calme et on la boucle, jeune homme, dit-il en entraînant Jeune Nick et en le maintenant énergiquement pendant que deux autres mouches bleues en faisaient autant avec une Jubilé hirsute qui écarquillait les yeux comme un renard dans la nuit. On se calme et on la boucle... ça vaudra mieux pour tout le monde.

Le magistrat cessa alors de taper sur son bureau avec son marteau et tout le monde se calma. Il déclara qu'il avait bonne envie d'expédier ces deux petits animaux en prison pour offense à la dignité du tribunal, mais que, avant toute chose, il allait régler le sort du père, qui, à en juger par le comportement de ses enfants, devait être un lascar peu recommandable.

– Et maintenant, monsieur, dit-il à Tuyau-de-Poêle, vous pouvez témoigner sous la foi du serment. Cet individu est-il celui qui vous a dérobé votre montre ?

Et il pointa son doigt sur Vieux-Perroquet, qui dut se cramponner à la balustrade qui était devant lui pour ne pas s'effondrer.

Tuyau-de-Poêle le regarda attentivement. Puis il regarda Jeune Nick et Jubilé. Puis il regarda à nouveau Vieux-Perroquet et prit une profonde inspiration.

– Non, Votre Honneur, dit-il, ce n'est pas lui !

Vieux-Perroquet s'écroula et un monsieur dut l'aider à se remettre debout.

– Comment ? rugit le magistrat comme s'il avait mal entendu.

– Cet homme n'est pas celui qui m'a volé ma montre, répéta Tuyau-de-Poêle. Il me semblait m'être exprimé clairement.

Vieux-Perroquet ouvrit des yeux ronds comme si c'était *lui* qui avait mal entendu.

– Mais vous venez de dire... s'écria le magistrat qui commençait à être très rouge.

– Ce que j'ai dit, Votre Honneur, n'était pas sous la foi du serment. Et comme vous l'avez précisé vous-même, le tribunal ne saurait en tenir compte. C'est pourquoi je répète, et sous la foi du serment, que cet homme n'est pas celui qui m'a volé. Il... il en diffère autant qu'un morceau de craie d'un morceau de fromage.

– Vous... vous tournez le tribunal en dérision, monsieur ! Vous ne comprenez donc pas ? Vous me demandez de relâcher un voleur ! N'avez-vous donc aucun respect pour les lois de votre pays ?

– J'ai encore plus de respect pour moi-même, Votre Honneur. Après tout, les lois sont seulement faites par les hommes, tandis que moi, c'est Dieu qui m'a fait! Ce n'est pas le même homme !

– Vous êtes... vous êtes un scélérat, monsieur ! s'écria le magistrat au comble de la rage. Affaire classée !

Et jamais on n'avait vu quelqu'un être aussi furieux de faire une bonne action !

Ils étaient tous dans le couloir, devant la salle d'audience, les trois Smudgeon, Vieux-Perroquet et ses chérubins, et tout le monde riait et pleurait en même temps, et secouait la main de Vieux-Perroquet, et lui tapait dans le dos comme s'il avait accompli un haut fait !

– Monsieur Owen ! Monsieur Owen !

C'était Tuyau-de-Poêle, désireux de dire un dernier mot à l'homme qui n'était pas le même.

– Je me souviens qu'un jour vous m'avez demandé l'heure, dit-il en sortant sa montre en or, car il avait parfaitement reconnu Vieux-Perroquet – une tête pareille, ça ne s'oublie pas ! Eh bien, reprit-il en regardant davantage Vieux-Perroquet que sa montre, il va être midi.

Vieux-Perroquet battit des paupières et ouvrit de grands yeux.

– Pourquoi, monsieur, demanda-t-il très doucement, pourquoi avez-vous changé d'avis ?

– Disons plutôt, répondit Tuyau-de-Poêle en remettant sa montre dans sa poche, que j'ai changé de cœur. Et le cœur, mon ami, conclut-il en observant Jeune Nick et Jubilé, a parfois une meilleure vue que l'esprit !

– L'argent, monsieur ! Les cinquante livres ! Je vous les rendrai !

– Gardez-les, mon ami, dit Tuyau-de-Poêle en s'en allant. Je suis persuadé que vous en ferez un meilleur usage que je ne pourrais le faire moi-même !

SI BIEN QUE JUBILÉ EUT, EN FIN DE COMPTE, SON VIEUX VIOLON. LE MARCHAND DE VIOLONS AFFIRMA qu'il avait toujours su que cela finirait ainsi et que ç'aurait été un crime si la petite demoiselle musicienne ne l'avait pas eu. Vieux-Perroquet cligna de l'œil, parce que, lui, il savait que c'était grâce à un crime qu'elle l'avait eu !

– Dorénavant, mes chérubins, annonça Vieux-Perroquet lorsqu'ils furent rentrés à la maison et que Jubilé put caresser son violon aussi tendrement que si c'était le chat, les trois Owen se produiront ensemble à Piccadilly et à Leicester Square !

– Qu'est-ce qui arrivera le jour où monsieur Willy recommencera à jouer ? demanda Jeune Nick. Il ne nous aime pas beaucoup.

Mais tout se passa très bien. Ils apprirent en effet que Willy l'Anguille envisageait de s'associer avec le cocher de fiacre qui l'avait renversé et lui avait apporté un sac de raisin, car il s'était révélé être un fanatique du basson et souhaitait en jouer le soir.

– Et le basson, dit Willy l'Anguille en grattant sa jambe raide comme un tronc d'arbre, est un instrument extrêmement rentable.

Mais il ne l'était pas plus que la *vox humana* et le vieux violon ! En remontant Piccadilly et en faisant le tour de Leicester Square le soir, après l'école, les trois Owen se défendaient remarquablement bien !

Certains jours, Jeune Nick, qui calculait vite et ne laissait personne s'esquiver sans payer le plaisir qu'il avait pris à les écouter, rapportait jusqu'à douze shillings dans le chapeau !

– Çà, alors ! Vous vous rendez compte ? disait Vieux-Perroquet quand il l'apprenait, car il ne comptait jamais la recette lui-même, Jubilé et lui étant moins doués pour les chiffres que Jeune Nick. Il semble que nous ayons le pied à l'étrier, mes chérubins, et que nous soyons appelés à faire une brillante carrière !

CHAPITRE SEIZE

Et quand vint la période des fêtes et qu'ils commencèrent à interpréter *Le Bon Roi Venceslas* et *Écoutez la voix du héraut,* il pouvait à peine y croire lorsque Jeune Nick rapportait parfois plus d'une livre !

– Vous voyez bien, mes chérubins, soupira-t-il. Vous voyez bien !

Mais jamais il ne précisa ce qu'on voyait.

Puis ce fut la veille de Noël, et Vieux-Perroquet tint la promesse qu'il avait faite à M. Rummer de venir à l'église Saint-John chanter dans le chœur avec les élèves. Et ce fut vraiment dommage qu'on ne puisse pas passer le chapeau dans l'assistance, parce que jamais Vieux-Perroquet n'avait aussi bien chanté, que des centaines de gens l'avaient écouté, et que cela aurait rapporté dix livres pour le moins !

Vous auriez dû le voir au milieu de tous les habits bleus et de leur forêt de bas jaunes, chantant comme il n'avait jamais chanté auparavant! Ce qu'il interpréta le mieux, ce fut *Dieu vous donne le repos,* et quand il entonna *Je vous apporte joie et réconfort,* sa voix s'enfla comme une cloche et emplit l'église jusqu'à la voûte. C'était une grande église, en plus !

Après le service, M. Rummer revint avec tout le monde à l'impasse de l'Oignon, où Mme Smudgeon avait préparé une petite collation à laquelle tous feraient honneur, si toutefois le chat ne passait pas par là le premier !

Toujours en jaune et bleu, les jeunes gens firent le trajet depuis l'église ensemble, Jeune Nick et Smudgeon encadrant

Jubilé qui tournait son bonnet autant vers l'un que vers l'autre. Mais cela n'avait plus d'importance : avec ses boucles d'oreilles en or et son vieux violon, Jubilé avait une dot suffisante pour épouser qui bon lui semblerait, même si cela devait être Smudgeon qui n'avait que sa peau et ses os pour toute fortune !

– Je m'excuse, monsieur Owen, dit Mme Smudgeon lorsqu'ils furent tous réunis et qu'elle vit M. Rummer qu'elle n'attendait pas, mais je vous serais infiniment reconnaissante si vous pouviez me rendre les deux verres que vous m'avez empruntés en juin dernier.

Pendant que Vieux-Perroquet montait chercher les verres, elle démaillota Parlement comme si elle pelait un oignon qui se ferait pleurer lui-même.

– C'est notre petit dernier, monsieur Rummer, dit-elle. J'espère vous l'envoyer bientôt étudier à l'institution de l'Habit Bleu.

Et elle tapota sa chevelure avec coquetterie.

– Ce sera un plaisir, madame ! dit M. Rummer avec un battement de paupières admiratif. Je me réjouis à l'idée d'apprendre à Parlement la lecture, l'écriture et surtout la Bible.

Et puis Vieux-Perroquet redescendit, Parlement fut remmailloté et couché, et Mme Smudgeon emplit les verres.

– Joyeux Noël ! s'écria M. Smudgeon en levant son verre avec un regard concupiscent sur la canne de M. Rummer, qui était posée dans un coin et aurait fait un excellent margotin.

Et ce fut un joyeux Noël pour tout le monde.

CHAPITRE SEIZE

Un Noël abondamment arrosé par le remontant de Mme Smudgeon qui était un vulnéraire anglais, moins énergique que celui des Écossais.

– Et maintenant, portons un toast à un autre Noël ! dit M. Rummer en tendant son verre pour qu'on le lui remplisse.

Lui qui n'avait jamais rien bu de plus corsé qu'une demi-pinte de lait n'avait plus du tout l'air d'un maître d'école.

– Buvons à monsieur Noël Owen ! Tous nos remerciements, monsieur, pour vos cantiques ! De ma vie entière, jamais je n'avais entendu une voix aussi belle et aussi puissante sortir – si vous me pardonnez l'expression, monsieur – d'un homme aussi petit.

– Mais il n'est pas petit ! s'écria brusquement Jeune Nick. Vous ne l'avez donc pas entendu ? Notre papa est un colosse, il est grand comme une église.

Tout le monde éclata de rire, mais personne, cette fois, ne le traita de menteur.

POUR FAIRE CONNAISSANCE AVEC LEON GARFIELD, QUI A ÉCRIT CE LIVRE

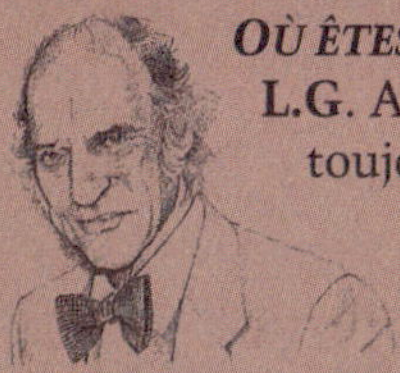

OÙ ÊTES-VOUS NÉ ?

L.G. A Brighton, une ville au bord de la mer. Une mer toujours agitée, et froide !

OÙ VIVEZ-VOUS MAINTENANT ?

L.G. J'habite depuis de nombreuses années dans le nord de Londres à Highgate avec ma femme, Vivian Alcock, qui est également écrivain. Nous avons un grand chien aux poils noirs et bouclés extrêmement remuant qui s'appelle Hugo, et un chat.

QUAND AVEZ-VOUS COMMENCÉ À ÉCRIRE ?

L.G. Si je me souviens bien, j'ai commencé à écrire vers neuf ou dix ans. Mes premières histoires mettaient en scène des énigmes plutôt sanglantes ! Je me suis vite tourné vers un genre plus romanesque.

ÉCRIVEZ-VOUS CHAQUE JOUR ?

L.G. J'essaye ! Ce qui ne m'empêche pas d'aller me promener sous prétexte de sortir le chien. J'aime bien, également, flâner chez les brocanteurs et les antiquaires.

ÊTES-VOUS UN « AUTEUR À PLEIN TEMPS » ?

L.G. Oui : depuis les années 70, je suis devenu un écrivain à temps complet.

QU'EST-CE QUI VOUS A DÉCIDÉ À ÉCRIRE CE LIVRE ?

L.G. En fait, l'idée m'est venue alors que je me trouvais à Paris, aux Halles, où je devais donner une conférence. Deux enfants me faisaient face : une fille, très sûre d'elle, qui portait des boucles d'oreilles en or, et un garçon, maigre et nerveux qui ne cessait de regarder partout. Je pensais qu'ils devaient être frère et sœur et j'étais fasciné par le contraste qu'ils offraient.

EST-CE QUE* LA MONTRE EN OR *DÉCOULE, MÊME DE LOIN, D'UNE EXPÉRIENCE PERSONNELLE ?

L.G. On m'avait demandé d'écrire une histoire sur une propriété du National Trust (institution privée chargée de la protection de manoirs, châteaux, parcs, etc.). J'avais choisi l'école Blewcoat (l'institution de l'Habit Bleu dans *La montre en or*), parce qu'elle est le siège de ce même National Trust. En voyant les enfants, j'ai immédiatement senti qu'il s'intégreraient parfaitement dans ce décor. J'ai ensuite effectué quelques recherches, procédé à quelques vérifications, notamment en ce qui concerne le nom des rues de Londres. J'ai donc consulté de nombreuses cartes d'époque, y consacrant le temps nécessaire afin que tout soit juste.

VOUS A-T-IL FALLU BEAUCOUP DE TEMPS POUR ÉCRIRE CE LIVRE ?

L.G. Trois ou quatre mois environ. Il s'agit d'un de mes livres les plus court.

AVEZ-VOUS ÉCRIT BEAUCOUP DE LIVRES DEPUIS VOTRE PREMIER ROMAN ?

L.G. Je ne me souviens pas exactement. Une trentaine environ.

QUEL CONSEIL DONNERIEZ-VOUS À UN ÉCRIVAIN DÉBUTANT ?

L.G. Il n'y a jamais de conseil unique à donner, mais je pense qu'il est plus important de lire trois fois un livre que l'on aime plutôt que trois livres différents. On apprend tellement plus ainsi sur la technique et les subtilités de l'écriture !

JAME'S PRUNIER NOUS RACONTE COMMENT IL A ILLUSTRÉ LA MONTRE EN OR

C'était l'été 1992. J'avais lu le texte depuis quelques mois déjà. Il était enregistré, mis en attente dans un coin de ma mémoire, éveillant petit à petit des envies, des sensations... des images qu'il était de plus en plus dur de refréner, comme si mes mains se transformaient malgré moi en outils nécessaires pour faire naître les lieux, les ambiances, les personnages, et surtout Vieux-Perroquet !

Et puis vint *le* jour. Celui où tout a commencé. Le 29 juillet peut-être, où le 30. Peu importe. Tout ce que je sais, c'est que 16 jours plus tard, c'était fini. Tout avait explosé, et presque sans réfléxion.

Cet été là fut très chaud à Nancy, et en particulier dans la rue que j'habite. J'avais besoin d'un vide autour de moi – qui fut accepté –, pour ne vivre que pour ce travail. Ma femme et ma fille au bord de la mer, le chien confié à des amis : une véritable retraite qui me permettait de m'immerger entièrement dans l'East End.

Les seuls sons qui ont pu s'imposer furent ceux de Gerry Mulligan, Charly Parker, Django Rheinhardt, des notes qui se mélangeaient à l'espace comme l'encre au papier, qui montaient des escaliers crasseux, butaient contre les murs délabrés.

Seize jours exclusivement consacrés à *La montre en or*; douze à quatorze heures par jour.

Quand tout cela est arrivé à son terme, j'ai été envahi à la fois par une tristesse et par un grand bonheur : j'étais si heureux que j'avais envie de voler; mais j'étais si triste d'abandonner un monde extraordinaire.

Il y a eu une dernière image : la neige, le repos, le calme; plus personne... j'adore.

« Joyeux Noël, M. Owen! »

14 août 1992

LES AUTRES TITRES DE LECTURE JUNIOR

IL FAUT GARDER HENRY ! DE NINA BAWDEN
illustrations de Denise et Claude Millet

Charlie-la-Fronde débusque un jour un écureuil : c'est ainsi qu'Henry arrive à la ferme. Quelle sera la nouvelle vie d'Henry l'écureuil dans sa famille d'adoption ? Quelle sera la vie de cette même famille d'adoption, déracinée de Londres, fuyant les bombardements allemands et transplantée en pleine campagne ? Authentique, tendre et chaleureuse, cette histoire familiale racontée par la sœur de Charlie est aussi celle de la découverte de l'indépendance.

LE SECRET DE DOOLEY DE BRUCE BROOKS
illustrations de Jean Claverie

Nous sommes en Virginie, au sud des États-Unis. Dooley, jeune Noir féru de magie, entreprend de guérir le grand-père de son ami Peanuts, victime d'une crise cardiaque. Mais a-t-il de réels pouvoirs ? Sorcellerie, frayeurs et naissance d'une amitié donnent un roman chaleureux aux multiples rebondissements.

LE LIVRE DE L'ANNÉE DE ROALD DAHL
illustrations de Quentin Blake

Voici le plus extraordinaire des livres : le vôtre, à écrire au fil des jours, en compagnie de Roald Dahl qui a voulu offrir à tous ses lecteurs le plus original des agendas, illustré avec humour et fantaisie par Quentin Blake. Tous vos secrets auront leur place parmi les souvenirs inédits du grand conteur, ses anecdotes et ses observations sur la nature, parmi les extraits de ses douze livres les plus drôles.

LES AUTRES TITRES DE LECTURE JUNIOR

LES SOURIS DE SANSONNET DE DICK KING-SMITH
illustrations d'Alice Dumas

A-t-on jamais vu un chat ne pas se délecter des souris qu'il pourchasse ? Sansonnet ! Qui est loin d'être un chat ordinaire. Lorsqu'il attrape Josépha, il décide d'en faire son amie et de la protéger, fût-ce contre son gré, car cette charmante souris est aussi la plus impertinente, la plus insupportable des compagnes. Un jour, elle disparaît... L'histoire fantaisiste et pleine de rebondissements de la plus surprenante des amitiés.

ALLÔ, C'EST MOI ! DE JAN MARK
illustrations de Ken Brown

Lloyd vient de déménager. A la fois dynamique et sensible, il part à la découverte de sa nouvelle existence dans une ville inconnue. Avide d'activités et d'amitié, il devra vite apprendre à faire des choix de vie. Un roman d'apprentissage, d'humour et de tendresse.

VICTOR VICTORIEUX DE JAN MARK
illustrations de Jame's Prunier

Andrew, dont la famille s'installe pour la première fois à la campagne, fait la connaissance de Victor, le cancre de la classe dans sa nouvelle école. Un personnage surprenant qu'Andrew va apprendre à découvrir à travers la passion de l'aviation que Victor lui communique peu à peu. Naissance d'une amitié dépeinte avec une sensibilité pleine d'humour tonique.

LES AUTRES TITRES DE LECTURE JUNIOR

ANYA DE MICHAEL MORPURGO
illustrations de Rozier-Gaudriault

En 1940, dans un petit village des Pyrénées, la guerre va bouleverser la paisible existence de Jo, jeune garçon d'une douzaine d'années, et le précipiter dans la dure réalité de la vie. L'occupation, la lutte pour sauver des enfants juifs et les faire passer en Espagne vont révéler son courage dans un récit simple et bouleversant.

LE ROI DE LA FORÊT DES BRUMES DE MICHAEL MORPURGO
illustrations de François Place

Alors qu'il traverse l'Himalaya en compagnie d'un moine tibétain, Ashley, fils d'un médecin missionnaire en Chine, rencontre une étonnante créature qui ressemble étrangement au yéti légendaire. La vie du jeune garçon va en être bouleversée. Ce roman où la réalité et le fantastique sont étroitement mêlés nous transporte dans une autre dimension, celle du merveilleux.

KAMO, L'AGENCE BABEL DE DANIEL PENNAC
illustrations de Jean-Philippe Chabot

Kamo, qui a décidé d'apprendre l'anglais en trois mois, correspond avec la mystérieuse Catherine Earnshaw de l'agence Babel. Mais qui se cache donc derrière cet étrange personnage ? Une énigme palpitante, merveilleusement observée, où le narrateur mène l'enquête.

LES AUTRES TITRES DE LECTURE JUNIOR

KAMO ET MOI DE DANIEL PENNAC
illustrations de Jean-Philippe Chabot

Rédaction pour le lundi 16. Sujet : *Vous vous réveillez un matin, et vous constatez que vous vous êtes transformé en adulte. Affolé, vous vous précipitez dans la chambre de vos parents : ils sont redevenus des enfants. Racontez la suite.* A cette injonction, deux solutions : faire la rédaction ou lire *Kamo et moi* !

L'ÉVASION DE KAMO DE DANIEL PENNAC
illustrations de Jean-Philippe Chabot

Pourquoi Kamo, qui ne craint rien ni personne, a-t-il tout à coup peur d'une simple bicyclette ? Pourquoi sa mère l'a-t-elle soudain abandonné ? Et d'ailleurs, qui est vraiment Kamo ? D'où vient ce nom étrange ? Qui l'a porté avant lui ? Des questions qui semblent n'avoir aucun rapport entre elles ; pourtant, si l'on ne peut y répondre, Kamo mourra !

LA GUERRE DANS LES COLLINES DE BILLI ROSEN
illustrations de Sylvaine Pérols

Durant la guerre civile, dans un petit village grec, deux enfants et leur grand-mère se trouvent dramatiquement plongés au cœur de l'Histoire, à l'heure où la vérité de chacun éclate. Un roman émouvant, souvent tragique, où la vie et l'espoir finiront par triompher.

ALEXANDRE LE DINOSAURE de Tor Seidler
illustrations de Miles Hyman

Pour Edward Small junior, médiocre joueur de base-ball d'une timidité maladive, la vie à Molebury n'a rien d'exaltant. Mais Edward a un secret : Alexandre, un dinosaure invincible qui, dans ses rêves, l'aide à devenir un héros en sauvant la ville de terrifiants extraterrestres. Et si Alexandre existait vraiment ? En acceptant d'affronter la réalité, Edward grandit et découvre qu'elle peut être plus passionnante encore que ses rêves.

L'HISTOIRE DE MONSIEUR SOMMER
de Patrick Süskind illustré par Sempé

La découverte d'une enfance, un premier amour, l'apprentissage du vélo, les terrifiantes leçons de piano sous la férule d'une vieille momie impitoyable. Et toujours les rencontres avec monsieur Sommer, énigmatique personnage, marcheur infatigable quel que soit le temps ou la saison. Un univers tendre, rude, humoristique... mais au fait, que cherche donc monsieur Sommer ?

LA POURPRE DU GUERRIER de Rosemary Sutcliff
illustrations de Philippe Munch

Vers le Xème siècle avant notre ère, à l'âge du bronze, Drem, qui a un bras paralysé, ne peut être intégré à la tribu des guerriers et des chasseurs. Blessé dans sa fierté, il s'enfuit. Pourra-t-il revenir subir l'épreuve initiatique des garçons de son âge et revêtir enfin la pourpre du guerrier ? Un roman qui nous plonge dans le passé aventureux des hommes.

LÀ-BAS, MON VOLCAN DE ROSE TREMAIN
illustrations d'Agnès Audras

George rêve à une île lointaine, cette Sicile où il a passé de si belles vacances l'été dernier, chez sa grand-mère Violetta et son cousin Guido. Aussi lorsque sa mère, saisie d'un terrible pressentiment, quitte brutalement l'Angleterre pour regagner son village natal tapi sur les pentes du mont Etna, George voit-il enfin son rêve se réaliser même s'il doit quitter son père à Londres. Mais le volcan qui gronde ne va-t-il pas menacer ce fragile paradis ?

L'HOMME DES VAGUES DE HUGO VERLOMME
illustrations de Marc Lagarde

Pour Kevin, cet été-là va être l'été de toutes les émotions et de tous les dangers. Parti sans ses parents à Hossegor, dans les Landes, il va découvrir grâce à Bud l'Australien, la passion de la mer et des vagues. Mais qui est Bud ? Quel est son secret ? Et quel peut être le rôle de la si jolie mais énigmatique Floria ?
Un roman d'aventure et d'amitié au rythme d'une nature omniprésente.

MA SŒUR EST UNE SORCIÈRE DE DIANA WYNNE JONES
illustrations de Georges Lemoine

Gwendoline, persuadée d'avoir des pouvoirs surnaturels et débordante d'imagination, va provoquer une série d'événements plus étranges et inquiétants les uns que les autres avec la complicité de son frère, appelé Chat. Un roman passionnant où la magie et le mystère le disputent à la gaieté de l'humour et au réalisme psychologique.

ISBN 2-07-055122-9
Numéro d'édition : 56558
Dépôt légal : octobre 1992
Imprimé par l'Imprimerie Hérissey, à Évreux